엄마와 딸
여행이 필요할 때

엄마와 딸
여행이 필요할 때

한명석

달라도 너무 다른 딸과 함께
20개 나라를 누비며 얻은 것들

사우

익스트림 도터
주홍빛에게

너 같은 애가 왜 내 자궁을
필요로 했을까

어느 날 샤워하고 나오는 딸의 목이 길어 보여서 "넌 나 안 닮아서 목이 길어"라고 말했더니 딸이 이런다.

"엄마가 목 아껴서 나 줬잖아."

그렇다. 모녀란 목도 아껴서 줄 수 있는 사이이다. 나는 애면글면 가족에 목매는 사람을 갑갑해하는 축이지만 모녀가 이생에서 만날 수 있는, 최고로 각별한 인연이라고 알고는 있다. 아들이 일정 거리를 유지하는 든든한 울타리라면, 딸은 샴쌍둥이처럼 한데 붙어 있는, 영혼의 지근거리에 있는 개체이다. 딸과 나는 성격이 생판 다른데도 그렇다. 내가 즉흥적이고 단순하다면, 딸은 인생을 한 번 살아본 사람처럼 내가 한 가지를 볼 때 서너 가지를 보는 신통력을 지녔다. 그러니 생각이 얼마나 많고 걱정은 얼마나 많을 것이며 경우의 수마다 대비하는 준비성은 또 얼마나 발달했을 것인가.

내가 지금보다 훨씬 다혈질이었던 초보 엄마 시절에 우격다짐이 심했다고 한다. 나는 시집살이하랴 학원 운영하랴 바쁘고 피곤했을 뿐인데 그 여파가 딸의 성장환경이 되고 성격 형성에도 변수가 될 줄은 몰랐다. 이제 세월이 한 바퀴 굴러 우리 관계는 역전되었다. 성격은 급하지만 예의를 중시하는 내가 가장 함부로 대한 사람이 우리 엄마라는 것을 생각하면 정신이 번쩍 난다. 잘할 땐 잘해드리지만 수틀리면 작은 일로 한없이 치사하게 변덕을 부린 일이 떠올라 엄마에게 죄송하고, 이제 내 차례라는 생각에 정신을 단단히 차리게 된다.

여행으로 뒤바뀐 모녀의 권력 관계

엄마 노릇을 배운 적이 없는 초보 엄마가 딸을 키운 것이 모녀 사이의 1라운드라면, 숨 가쁘게 변하는 디지털 환경에 버벅대는 나를 가르치느라 여념이 없는 딸이 주도하는 현재는 3라운드가 되려나. 그 사이에 여행이 있다.

딸이 스무 살이 되던 해 시작한 모녀의 여행은 10년간 10

번의 해외여행을 하다 코로나로 멈추었다. 내가 어디 가고 싶다고 제안하고 딸이 동의하면 딸이 폭풍검색을 하며 여행이 시작되었는데, 2008년 앙코르와트의 위엄에 반했던 첫 여행 이후 2013년 이탈리아와 몰타, 크로아티아, 오스트리아, 보스니아 등을 45일간 둘러보았고, 2014년 호기롭게 3개월이나 영국과 아일랜드, 독일, 발트 3국, 폴란드, 슬로바키아, 헝가리, 불가리아 등을 둘러봤다. 그 밖에 튀르키예와 베트남에 서너 번씩 갔다. 태국에도 두 번 갔다.

나는 원래 약삭빠른 데가 없는데 여행지에서는 더욱 어리바리해서 지도 못 보고, 환율 계산 귀찮아하고, 순발력이 부족하니 실수 연발이라 여행지에서 딸은 새로운 권력자로 등극했다. "엄마, 나는 치사할 정도로 돈 계산이 빨라요"라던 딸의 경제 감각은 여행지에서 빛을 발했다. 가성비 좋은 숙소나 식당을 찾는 데 쾌감을 느끼니 날이 갈수록 훈련을 거듭하여 딸의 선택은 백전백승, 거의 동물적인 감각에 이르렀다. 그것은 딸이 자기가 잘하는 것을 발견하여 주도성을 확보하는 과정이기도 했다. 엄마를 리드하는 즐거움도 있었으리라. 딸은 길눈 어두운 나를 고객처럼 챙겨주었고, 나는 '1인 여행사'가 제공하는 서비스를 톡톡히 누렸다. 어린아이처럼 딸을 따라다니고 돌봄을 받는 대신 여행 경비는 거의 내가 냈으니, 우리는 환상의 콤비였다.

　나는 새로운 풍경과 문화에 심취할 줄만 알았지, 이동 경로와 온갖 탈것과 숙소에 대한 검색과 예약같이 번거로운 일은 모조리 딸이 했다. 내가 책에서 보고 카파도키아, 베네치아에 꽂혀 가고 싶어 하면 딸은 온갖 수고를 무릅쓰고 나를 그곳에 데려다 놓았다.

　우리 둘 다 시간이 자유로웠으므로 45일, 3개월 여행도 가능했다. 나는 글쓰기 수업을 하고 딸은 알바를 하며 여행을 일 순위로 살았다. 다른 데 덜 쓰고 저축도 안 하고 여행에 올인한 셈인데, 배낭여행인 데다 딸의 검색 능력이 갈수록 향상되어 10년을 다 합쳐도 몇천만 원 정도 경비라서 저축 효과보다는 경험과 추억에서 오는 영양가가 훨씬 크다고 생각한다. 여행을 선택하기를 백번 잘했다.

　여행지의 저녁이면 딸은 금전출납부를 쓰고, 나는 여행일기를 썼다. 나는 여행하며 글 쓰는 작가에 대한 로망이 있어서 메모를 잘하는 편이다. 그때 쓴 글을 읽어보면 그립고 애틋해서 어쩔 줄을 모르겠다. 이름만으로도 찬란한 런던, 빈, 토스카나였든 우리보다 싼 물가 덕분에 풍족하게 지낸 동남아였든 베짱이 기질에 낭만파인 나는 여행이라면 그저 좋았다.

이제 딸과의 여행을 책으로 묶어야겠다는 생각을 하게 된 것은, 지나갔기 때문이다. 딸의 20대와 나의 50대를 관통한 여행은 모녀라는 인연으로 만난 우리의 화양연화였다. 우리 모녀가 가장 행복한 균형을 이뤘던 시기이기도 하다. 이제 딸은 나와 노는 것이 아니라 '놀아주는' 것처럼 군다. 나는 4년 전에 귀촌을 했는데 운전면허를 반납해서 도서관과 치과를 다니는 데도 딸의 차를 얻어 타야 하니 딸을 너무 귀찮게 하는 것 같은 생각이 든다. 딸에게 의지하는 비중이 너무 커지지 않도록 조정할 필요가 있다.

이제 엄마와 딸 관계의 3라운드에 직면하여, 적극적으로 변화에 대비하는 마음으로 가장 행복했던 2라운드를 정리하고자 한다. 여행에 대한 만족감이 지대했던 만큼 딸이 할 노릇을 다했다는 생각까지 든다. 딸들이 엄마에 대해 갖는 부채감을 얘기하는 거다. 그야말로 딸은 나에게 빚이 없고, 나도 그렇다.

주변에서 성인이 된 딸과의 관계 정립에 애를 먹는 경우를 종종 본다. 우리는 여행을 통해 무리 없이 새로운 시기로 진입할 수 있었다. 엄마는 자식, 특히 딸과의 분리가 어려워 언제까지나 어릴 때의 딸로만 여기고 간섭을 일삼기도 하는

데 그러면 딸이 힘들어한다. 엄마 자신이 나이 들어가며 심리적 신체적 변화에 놀라 딸에게 집착하기도 하는데 그럴수록 딸이 숨 막혀 한다는 것도 잊지 말았으면 좋겠다.

인생이 길어져서 엄마와 딸이 같이 나이 들어가는 시기가 곧 도래한다. 성인이 된 딸을 어릴 때와 똑같이 돌보는 것 말고 새로운 관계 맺기가 필요하다. 딸은 엄마를 거부하는 것이 아니라 자기답게 살고자 할 뿐이니 맘껏 살아보라고 숨통을 틔워주고 엄마는 자기 세계를 구축하는 데 애써야 하리라. 어떤 관계든 사랑이 점점 확장되지 않으면 관계가 고착되기 쉽다고 한다.

딸은 나의 분신이고 한몸 같았던 시절이 있었던 것이 분명하지만 기억만으로 유지되기에는 인생의 단계마다 변화가 극심하고 시대의 변화는 더 빠르다. 성인이 된 딸이 스스로 결정하고 독자적으로 행동하고자 하는 것은 당연한 발달 단계이니 그러라고 내버려두고, 엄마는 차라리 인생과 시대에 대한 공부를 하는 것이 낫다. 그러다가 딸이 조언을 요청해 올 때 시의적절한 대화상대가 되어 주는 것이 이 시대의 사랑법이 아닐지. 여행은 호기심을 되살려주고 대화거리도 풍성하게 해주고, 외국어나 문화에 대한 탐구심까지 불러일으켜 주니 함께 여행을 할 수 있으면 최고이리라.

우리의 3라운드가 2라운드만큼 재미있기를 바란다면 나는 훨씬 부지런해져야 할 것이다. 놀러 다닌 이야기를 풀어놓으니 얼핏 자랑같이 들릴 수도 있지만, 자랑이 아니라 기록이다. 너무 소중해서 책 속에 꽁꽁 담아 두고 싶은 기록. 나에게는 직접경험이지만 그렇게 찬란한 시간을 누렸다는 것이 비현실적으로 느껴지는 데 비해, 누군가 내 글을 빌미로 성인이 된 딸과의 관계에 대해 생각하기 시작한다면 그이에게 오히려 생생한 현실이 될 수 있을 테니 꿈과 현실이 뒤섞이는 것도 여행기에 딱 맞는다 하겠다.

하도 나와 다르고 내 머리 꼭대기에서 노는 딸이 감탄스러워서 물은 적이 있다.

"도대체 너 같은 애가 왜 내 자궁을 필요로 했을까?"

"글쎄… 넓어서?"

딸과 만나게 된 것이 나의 듬직한 덩치 덕분이었다니 앞으로도 체격을 잘 유지해서 딸이 몇 살이 되든 믿는 구석이 되어야겠다.

너 같은 애가 왜 내 자궁을 필요로 했을까

1

*

우리가 그토록
찬란한 시간을 함께했다고?

해방구

독일에서는 맥주가 술이 아니라는 소문

독일에서는 맥주가 술이 아니래, 맥주를 물처럼 마신다는 군…. 우리에게도 익숙한 이 소문은 사실이었다. 오전 11시, 오스트리아와 접한 국경의 작은 마을 베르히테스가덴 레스토랑에 모인 사람들이 모두 맥주를 마시고 있었다. 이들에게는 안주 개념이 없는 듯 식사에 곁들이기도 하지만 대부분 맥주잔만 앞에 놓고 있다. 하도 재미있어서 세어보니 하나둘 천천히 모여든 할아버지 그룹이 6명, 중년 여성 2명, 제각기 따로 앉은 남녀 3명이 단 한 명도 빼지 않고 맥주를 마시고 있는 것이다. 덕분에 나도 편하게 맥주를 주문했다.

우리에겐 낮술이 불량기의 단서로 여겨지지만 여기서는 당연한 일!

마트에서 맥주 한 병 사려고 둘러보니 맥주가 없다. 직원에게 물어보니 저쪽으로 가라고 한다. 건너편에 맥주매장이 따로 있는데 규모가 원래의 마트 크기와 맞먹는다. 몇 가지 종류만 진열해 놓고 창고처럼 박스를 쌓아 놓아서 뭐가 뭔지 알아보기도 어려운데 어떤 부부가 세 박스나 가져간다.

맥주 종류는 너무 많고, 맥줏값은 너무 쌌다. 국내에서 익숙한 유명브랜드도 1유로 안팎이니 횡재한 기분이다. 물에는 석회성분이 많아 커피포트 밑에 허옇게 남은 것을 보면 정나미가 떨어진다. 자연스럽게 맥주 마시는 빈도가 늘어나며 로컬 맥주를 맛보는 것도 여행의 재미겠구나 싶던 차에 뒤셀도르프에서 정점을 찍었다.

뒤셀도르프! 이동을 위해 들른 곳이라 별다른 검색도 기대도 없었는데…. 아침 7시에 기차역에 내려 구시가지에 있는 숙소를 찾아가는데 여기저기 술꾼들이 눈에 띈다. 길바닥에는 깨진 술병이 뒹굴고, 노숙자도 심심치 않게 있고, 아직도 여흥이 도도한 취객은 조심스럽게 들이대는 내 카메라를 향해 환호한다. 이런 풍경이 독일에 대해 갖고 있던 이미지와 너무 달라서 어리둥절한데, 오래된 술집들의 관록이 예사롭지 않아 눈이 휘둥그레진다. 알고 보니 이곳이 꽤 알려진 곳이란다.

1킬로미터쯤 되려나, 곧게 뻗은 볼크스거리는 '유럽에서 가장 긴 카운터'라는 별명을 갖고 있을 정도로 선술집과 바가 집결된 곳이다. 일요일 저녁 술집과 거리를 가득 메운 인파가 대단했다. 비교적 조용하고 아기자기한 곳이든 시끄러운 클럽뮤직이 쿵쾅대는 곳이든 빈자리라곤 찾을 수 없고, 저마다 갈색 맥주를 앞에 두고 있는 장면이 볼만하다.

뒤셀도르프의 맥주 알트비어. 짙은 색 보리순으로 만든다든가? 진한 색깔의 알트비어는 구수하니 내 입맛에도 맞았다. 타운이 들썩거릴 정도로 먹고 마시며 떠드는 사람들을 보니, 뮌헨의 옥토버페스트가 어떨지 안 봐도 상상이 간다. 나도 갈색 맥주를 한잔 청해 분위기로 마시고 눈으로 마신다. 일요일 저녁의 해방구에 편입한 기분이다. 내친김에 맥주병을 들고 슬슬 걸으니 숨어서가 아니라 떳떳하게 마시고 싶은 청소년처럼 으쓱해진다.

볼크스거리를 지나 강가로 간다. 라인강변 계단에 앉은 사람들도 어김없이 맥주판이다. 맥주 한 병씩 손에 들고 나란히 걸어가는 남녀의 뒷모습이 왜 그리 편안해 보이던지!

숙소에서는 생햄에 멜론을 곁들여 마신다. 스페인에서는

'하몽'이라고 하고, 이탈리아에서는 '프로슈토'라고 하는 생햄을 멜론에 싸 먹으면 정말 맛이 좋다. 쫄깃하고 짭조름한 하몽과 시원하고 심심한 멜론이 어우러져, 두 가지를 따로 먹는 것은 상상할 수 없을 정도로 맛이 상승한다. 도대체 이렇게 안 어울릴 것 같은 조합을 맨 처음 생각해낸 사람이 누구인지 감탄할 정도로 참신하고 이국적인 맛에 반해서 맥주에 곁들여 먹다 보니, 맥주 하면 하몽멜론이 생각난다. 천하에 부러울 것 하나 없을 정도로 마음을 넉넉하게 만들어주던 한 잔의 맥주와 하몽멜론. 여행이 왜 그렇게 좋으냐고 누가 묻는다면 나는 이렇게 대답하겠다. 새로운 체험이 감각을 확장시켜 주어 기억하고 즐길 것이 점점 늘어난다고!

단 한 곳만 여행할 수 있다면, 튀르키예

만약에 지구상에서 단 한 곳만 여행이 가능하다면 어디를 갈 것인가? 그런 질문에 튀르키예(옛 터키)라고 대답한 구절을 어느 책에서 보았다. 저자는 잊어버렸지만 그 대답은 가슴에 들어와 박혀서 꼭 품고 있다가 드디어 갔다. 튀르키예는 나를 실망시키지 않았다. 댕댕댕 트램이 지나가는, 신비의 도시 이스탄불이 아니어도 볼 것이 무궁무진했다.

그때는 튀르키예에 세 번째 갔을 때였다. 트로이 목마로 유명한 차낙칼레 바로 아래 있는 아소스(Assos)의 아테나 신전을 찾아가는 길이었다. 고대도시를 만든 사람들이 풍수지리라도 본 것일까. 평범한 붉은 산에서 좋은 기운이 뻗친다. 길에도 표정이 있어서 북동부처럼 산세가 험하지 않고, 구릉에 가까운 낮은 산길을 가는데도 이상하게 경건한 기분이 들었다. 거기에 수형이 완벽하게 둥글어 몽글몽글 초록색 사탕을 꽂아놓은 듯한 나무가 잘 어울려 탄성을 지른다.

앙카라에서 여기 오는 데 1박 2일이 걸렸다. 환승지인 '에드레밋'까지 가는 데 6시간 반 버스를 탔고, 한 시간 기다려서 다시 '아이바즉' 가는 미니버스를 탔다. 아이바즉에서 하루를 묵고 20여 분 달려 아소스로 향하는데 모든 길의 풍경이 감격스러웠다. 앙카라에서 에드레밋까지 오는 길은 대평원인데, 바싹 마른 옥수숫대가 끝없이 펼쳐지는 평원이 장관이다. 동북부부터 죽 이어지던 황폐한 산하가 끝나고 경작지로 들어선 것이다.

물론 황폐한 곳에도 멋은 있었다. 누런 바위 같은 산들은 거대한 호수를 끼고도 나무 한 그루 키우지 못했다. 대신 제

황폐한 모습을 물속에 비쳐 천하의 절경을 보여주었다. 그러던 것이 앙카라에 이르러 넓은 경작지가 되었고, 부르사에 이르러 풍성한 숲이 된 것이다. 왜 부르사를 일컬어 '예쉴 부르사(푸른 부르사)'라고 하는지를 내 눈으로 확인하는 마음이 벅찼다. 사이프러스도 부르사부터 보이기 시작했다.

아소스는 아담한 언덕이었다. 아소스라는 이름에서는 아우라가 풍기지만 기둥만 몇 개 남은 신전이 기다리고 있었다. 그러나 무너진 성곽에도 위엄이 있었다. 딸과 나는 한참 동안 평평한 바위에 앉아 있었다. 오른쪽을 보아도 왼쪽을 보아도 부드럽게 휘어지는 해안선이 일품이고, 정면에는 기다란 섬이 있었다. 그리스의 레스보스 섬이라 했다. 이 섬의 이름을 따서 레즈비언이라는 이름이 생겼다는 그 섬이다.

BC 540년에 지어졌다는 아테나 신전은 도리아 방식으로 지어진 건축물 중 가장 오래된 것이라고 한다. 도리아라고 하면 파르테논과 같은 방식이라, 신전 터에 만들어놓은 모형이 파르테논과 흡사해 보인다. 이곳에서 첫 번째로 출토된 유물은 루브르박물관에, 두 번째로 출토된 유물은 보스턴박물관에 있다니(다행히 이스탄불에도 있고), 강대국의 유물 각축전에 눈살이 찌푸려진다.

내려다보면 주 도로인 아케이드 길이 보이고 커다란 문에 이르기 전 석관이 굴러다닌다. 네모반듯하고 커다란 돌이 산적해 있으나 복원할 엄두도 내지 못하는 듯 방치되어 있다. 에페소나 파묵칼레의 히에라폴리스에 비하면 아담한 규모지만 우리 말고는 여행자가 두 팀 있을 뿐 한적해서 고대도시 하나를 독차지하고 앉은 기분이 뿌듯하다.

유적지에 오면 불현듯 '시간의 단위가 천 년을 넘고', 나는 먼지처럼 작아진다. 영원토록 무심하게 흐르는 시간 속에 나라고 하는 존재의 특수성이 사라지고, 생명의 순환만 남는다. 시대와 나라와 부모를 내가 선택한 적 없으니 지극히 우연으로 태어나서, 영겁의 세월에 비하면 찰나에 가까운 내 삶을 살아내고, 다시 어딘가로 사라지는 먼지 같은 존재. 먼지가 무슨 걱정거리를 안고 살랴, 한없이 쓸쓸한 초월에 한 걸음 다가선다.

예약해 놓은 호텔이 아소스 출입구 반대편이라 빙 돌아서 걷기로 한다. 역시 한적한 산길을 바다를 바라보며 걷는다. 그 이름도 아득한 에게해에 왔다는 것이 신기하기만 하다.

아테나 신전 바로 아래 위치한 마을은 깜짝 놀랄 정도로 작았다. 인가는 거의 없고, 식당을 겸한 호텔 열 군데가 전부였다. 열 집이 해안 하나를 향유하고 있는데 아무리 주민이 적기로 물이 그렇게 맑을 수가 없다. 손가락 마디만 한 물고기가 떼를 지어 다니는 것이 어항처럼 들여다보인다. 할아버지와 손자가 작은 배를 몰고 나가 그물을 치는데 그렇게 가까운 곳에도 고기가 많은지 코앞에다 친다. 손자의 어깨가 딱 벌어졌는데도 일은 할아버지가 다 한다. 가만가만 그물을 내리고, 조그만 닻 내리고 오토바이를 타고 사라진 자리에 U자 모양의 부표가 띄워져 있다.

호텔도 다 오래된 돌집이라 기품이 있다. 꼭꼭 숨어 있어서 아는 사람만 찾아올 것 같은 작은 마을이 수채화처럼 맑고 평화롭다. 동화 속 세계로 미끄러진 것 같은 어리둥절함에 다시 복잡한 세상으로 나아가 살아갈 일이 아득하기만 하다.

(그러나 우리는 아까 신전 언덕에서 보고 말았다. 레스보스 섬으로 향한 작은 고무보트를 뒤따라 온 배가 마이크로 위압적인 소리를 내가며 제지하여 다시 몰고 돌아오는 것을. 2015년 10월이었는데 난민 탈출 현장을 목격한 것이다. 나는 여행만 가면 날짜를 기억하지 못할 정도로 들뜨는데, 그날은 그림 같은 마을과 난민 탈출의 현실이 뒤엉켜 미안하고 안타깝고 울적한 기분에서 헤어나기가 어려웠다.)

크루즈,
제일 싼 선실 한 번 타봤을 뿐이지만

사람들에게 꿈이 무엇이냐고 물어보면 '유럽여행'은 절대 빠지지 않을 것이다. 무슨 무슨 설문조사에서 몇 번 그런 결과를 보기도 했고, 내 주변 사람들이 그러했고, 나도 그랬으니까. 나는 미국에는 조금도 관심이 없지만 유럽은 꼭 가보고 싶었다. 유럽에서도 이탈리아에 가장 큰 호기심을 갖고 있었다. 막상 가본 이탈리아는 나쁘지 않았다. 하지만 그 기억을 다 모아도 베네치아 하나를 당할 수가 없다. 베네치아는 어찌나 환상적이고 독보적인지 꼭 독립된 나라 같았다. 베네치아의 자극이 너무 심하고 미로처럼 얽힌 운하가 갑갑해서 산마르코광장으로 나갔을 때였다.

성당과 두칼레궁전, 오래된 카페와 살롱으로 둘러싸인 공간이 '홀'처럼 보여, 나폴레옹이 "세계에서 가장 아름다운 응접실"이라 칭했다는 곳. 2013년 6월의 어느 날, 그 넓은 광장의 절반을 인파가 메우고 있었다. 전 세계 사람이 소풍 나온 형국이었다. 광장 옆 해안은 더했다. 새파란 하늘과 쨍쨍한 햇살 아래 사람들이 시위대처럼 빠글빠글했다. 그저 거기 있는 것만으로도 즐거운 듯 하나같이 들떠 있었고 나도 점차 고조되었다. 내가 그 자리에 있다는 것이 꿈만 같았다. 그때 천천히 크루즈가 다가왔다.

엄청나게 컸다. 뒷동산만큼 큰 데다 선실마다 발코니가 있어 고급스러웠다. 발코니마다, 그리고 꼭대기 갑판에 새카맣게 사람들이 붙어 있었다. 꼭 개미 떼처럼 많았다. 크루즈에 탄 사람들이 해안에서 빠글거리는 사람들과 마주 손을 흔들며 환호했다. 윽, 세상은 아름다워! 마치 급소를 한 대 맞은 것 같았다. 그 정도로 찬란한 장면이었다. 살면서 어느 정도의 불화나 고난을 피할 수는 없겠지만 삶의 본령은 이처럼 찬란한 것이라는 것, 그러니 먹고 마시며 즐기라는 것, 머지않아 하루가 저문다는 것을 그날의 장면이 내게 각인시켜 주었다.

크루즈에 대해 그런 인상을 갖고 있었기에 2015년 5월 튀르키예에서 크루즈를 타게 되었을 때 살짝 흥분했다. 튀르키예 서부의 쿠샤다시에서 출발해 그리스의 밧모스, 크레타, 산토리니, 미코노스를 둘러보는 3박짜리였다. 12층, 꼭대기 갑판에 조그만 풀장이 두 개, 식당 세 개, 바가 일곱 개, 정원 1600명이라 했다. 물론 산마르코광장에서 본 크루즈보다 아주 작아서 친근하게 느껴졌다.

선실은 생각보다 넓었다. 두세 평 되려나. 침대 두 개와 옷장, 샤워부스가 딸린 화장실이 있는데 지낼 만했다. 우리 선실은 창문이 없고, 3박에 53만 원이었는데 얼리버드로 싸게 구입한 가격이라고 했다. 숙박과 이동, 식사 일체를 포함한 가격이고, 크루즈가 엄청 비쌀 것이라고 생각해오던 것에 비해 저렴해서 의아할 정도였다. 길을 찾다 잘못 들어선 적이 있는데 스위트 선실이 있는 층은 복도 자체가 넓고 고급스러워서 내가 이용한 선실이 제일 저렴하다는 사실을 알고 있었는데도 살짝 충격을 받았다. 하루에 8유로 정도 의무적인 팁도 있다고 했다.

알고 보니 선실 가격은 대중적으로 정해 놓고 기항지 투어로 보충하는 것 같았다. 크레타, 산토리니 같은 기항지에 보통 4시간씩 머물렀는데 대중교통을 이용하기에는 짧은 시간이라 크루즈 측이 제공하는 투어에 참여하는 것이 보통이다. 투어 비용이 한 곳당 6, 7만 원으로 네 군데 기항지 투어를 모두 신청할 경우 합산 경비가 꽤 올라간다.

여기에 음료 패키지가 있다. 무알코올은 5만 원, 알코올은 8만 원 정도인데 나는 알코올 패키지로 했다. 그 정도 차이면 알코올음료가 이득이라는 생각이었는데 기대했던 레드와인이 싸구려 한 종류뿐이라 실망이 컸다. 쓸 만한 것은 별도로 팔고 있었고 맥주도 유명브랜드는 제외였다. 그래서 칵테일을 공략했는데 나쁘지 않았다. 골고루 마셔보았는데 스트로베리데킬라가 제일 좋았고 '바'마다 맛이 달라 돌아다니며 마시는 재미가 컸다. 커피도 마찬가지라 짧은 기간이지만 에스프레소를 잘 해주는 바의 단골이 되기도 했다.

승선할 때 내 이름이 찍힌 카드를 주는데 기항지에서 타고 내릴 때 ID카드 역할과 선내 결제를 다 이것으로 한다. 저마다 분위기가 다른 바를 다니며 이 카드만 내밀면 모든 음료가 무한리필! 결국 내가 낸 돈이지만 여기에는 묘한 착시효과가 있어서 나는 점점 모종의 생각에 빠져들었으니, 크루즈가 먹고사는 것이 해결된 유토피아로 느껴지는 거였다. 미래 관광산업의 꽃이라 일컬어지는 크루즈! 그 자체가 자본집약적 산업인 데다 선박의 폐쇄성에서 비롯되는 온갖 로망과 부작용, 유흥과 퇴폐의 온상으로까지 여겨지는데, 제일 싼 선실 한 번 타보고 이런 생각을 품는 것이 모순인 것을 알지만, 내 느낌은 그랬다.

내가 탄 크루즈에는 뷔페식당 두 개, 고급식당이 한 군데 있었다. 아침을 제외하고는 매번 코스요리를 주문할 수 있었고, 정장을 한 종업원들이 돌아다니며 물잔을 채워주니 그 정도면 고급식당이라고 불러줘도 될 듯하다. 뷔페식당이야 흔하니 주로 코스요리를 먹기로 했다. 아침에는 이 식당도 뷔페식으로 나오는데 다른 뷔페식당보다 가짓수는 적지만 훨씬 정갈하고 고급스러워서 내 만족도는 최고였다. 예를 들어 달걀프라이는 내 생애 최고였다. 싱싱하고 풍미가 득한 반숙을 호르륵 넘길 때마다 이거 내가 아는 달걀 맞아? 를 되뇌었으니 아무래도 우리네 닭공장 체제와는 다른 사육 환경에서 닭을 키우나 보다.

메뉴 고르는 재미가 컸다. 딸과 나는 심사숙고 끝에 메뉴를 정하고 맛을 보는 재미에 푹 빠졌다. 사흘 내내 점심과 저녁마다 애피타이저, 메인, 디저트 해서 이런 과정을 세 번씩 오롯이 즐겼다. 설령 실패한다 해도 아무 걱정이 없었으니 그 식당은 어찌 된 것이 디저트는 물론 메인 요리까지 새로 가져다주었다. 필리핀과 인도 등지에서 온 웨이터들은 하나같이 명랑하고 친절했지만 그들 직권으로 될 일 같지는 않고 식당의 방침 자체가 여유로워 보였다.

스테이크도 나쁘지 않았지만 딸과 내가 동시에 만족한 요리는 돼지고기로 치즈를 싸서 튀긴 음식(나중에 다른 곳에서 보니 '코르동 블루')이었다. 딸은 다른 요리를 시켰는데, 둘이 코르동 블루를 나눠 먹다가 아쉬워하자 그새 낯이 익은 웨이터가 말 한마디 없이 리필해주었다. 맛있는 음식만으로도 기분이 좋은데 웨이터들의 환대로 해서 마치 내가 귀한 사람이 된 것 같았다.

아무래도 사람이 밀리는 곳이니 오는 순서대로 6인용 테이블을 채우는 식이라 주로 합석을 했는데, 나는 같은 테이블에 앉은 사람들보다 웨이터들에게 더 마음이 쓰였다. 한쪽에서 최고의 휴가를 보내는 동안 다른 쪽에서는 감정노동에 시달리는 게 안쓰러워서였다. 헬로! 하고 인사를 건네자 깜짝 놀라던 필리핀 사람과 미소가 환하던 인도인이 기억에 남는다.

별로 사교적인 성격도 아니고 식사하면서까지 영어 신경쓰고 싶지 않아 인사만 나누고는 주로 딸과 담소를 나누었다. 그런데 미국에서 혼자 왔다는 패트리샤와는 제법 길게 이야기를 나누었다. 82세. 씩씩한 할머니를 응원해드리고 싶었다. 마침 그날은 일본인 남성과 튀르키예 여성이 모두 혼자 온 경우라서, 낯선 사람들과 사귀는 데 크루즈가 최적의 공간이라는 생각이 들기도 했다.

기항지 투어를 하기 위해 모여 있는 사람들을 보면 적은 숫자가 아닌데 어떤 바는 텅텅 비어 있기 일쑤였다. 음료 한 잔을 시켜 놓고 넓은 공간을 독차지하고 있다 보면 여기가 어딘가, 어이없을 정도의 넉넉함에 놀라곤 했다. 갑판에 나가면 짙푸른 바다, 바다, 바다뿐이라 먹고살기 위해 늘 바쁘고, 긴장과 경쟁이 지나쳐 악다구니를 쳐야 하는 내 나라가 도대체 어디쯤인지 종잡을 수가 없었다.

마지막 날 아침, 서운한 마음으로 내다보니 사흘 전 배를 탔던 항구로 정확하게 돌아와 있었다. 배를 타기 직전에 들떠서 사진을 찍던 부두를 홀로 지키는 귀베르진 섬을 바라보며 착잡한 감회에 젖는다. 소풍이 끝난 것이다. 그래도 크루즈의 인상은 지워지지 않았다. 그곳은 일시적이나마 생존하는 데 필요한 모든 것이 해결된 시공간이었다. 내가 자는 시간에도 쉬지 않고 움직여 도시를 이동하는 번거로움까지 해결해준 크루즈.

그리하여 크루즈는, 먹고사는 것이 해결된다면, 아니 먹고사는 것을 뛰어넘을 수 있다면 생존을 위한 시간에 무엇을 해야 할까? 하는 철학적 질문을 안겨주었다. 혼자 여행 온 할머니를 비롯해서 한 배에 탔던 사람들, 아니 같은 테이

해방구

블에 앉았던 사람들에게라도 좀 더 친절하게 마음 문을 열 것을…. 우선 그 생각은 든다. 그 강렬했던 질문에 대한 대답을 찾기 위해서라도 꼭 다시 한번 크루즈를 타고 싶다.

눌러앉아 살고 싶은 곳

헝가리에는 바다가 없는 대신 '발라톤'이 있다

헝가리에는 바다가 없다. 대신 바다만큼 큰 호수 발라톤이 있다. 부다페스트에서 기차로 1시간 30분이면 발라톤이 보이기 시작하고, 여기서부터 호수를 따라 기찻길이 죽 이어진다. '씨오포크'가 제일 큰 마을인데 우리는 '자마르디'라는 마을로 갔다.

Zamardi! 나는 처음부터 이 이름이 좋았다. 입에 착 붙는 것이 꼭 아는 동네 같았다. 광활한 해바라기밭과 황금색 벌판을 달릴 때부터 기분이 좋더니, 간이역처럼 조촐한 역사도 마음에 들었다. 우리 숙소는 깔끔한 방갈로 형식으로 포치에 테이블이 있어 맥주 한잔하기 좋고, 벽에 달린 화분이 생화라는 사실로도 점수를 올려줄 만하다(1박에 33유로). 조화라면 무조건 싫은 나는 눈에 띄지 않는 곳에 생화를 쓰는 업주를 존경한다.

자마르디는 숙소에 짐을 풀고 산책에 나선 지 3분 만에 내 기분 좋은 예감을 충족시켜 주었다. 쿵작쿵작 음악 소리가 나는 집을 들여다보다 개인 집인 것 같아 돌아서는데 주인이 쫓아온다. 예술가들 작품을 전시 중인데 들어와도 된다고 간곡히 청하기에 들어서니, 파티를 즐기던 사람들이 일일이 목례를 하고 눈을 맞추며 환대해준다. 럭셔리한 집 안에 전시된 미술작품들은 초보 수준이었으나 밴드까지 있는 파티 분위기는 최고였다. 기념사진을 찍는데 익살스럽게 벌러덩 눕지를 않나, 하나같이 로맨티스트인 티가 역력하다.

"여기는 전부 나 같은 사람만 모였네."

"그러게…."

여행길에 세심한 준비는 딸이 맡고, 나는 오직 즐기기만 하는지라 다소 민망하던 김에 한마디해본다. 흥겨운 재즈에 신명이 돌아 가볍게 몸을 흔들며 맛있게 몇 곡 듣고는, 남의 잔치를 방해하지 않으려고 아쉬운 발길을 돌린다.

기차역에서 물가까지 직선거리로는 5분이지만, 호수를 따라 길게 타운이 조성되어 있다. 커다란 호텔은 한 곳이고 아기자기하게 예쁜 민박이 많다. 우리 것보다 조금 진하고 길쭉한 능소화가 한창이고, 토양에 잘 맞는지 다양한 무궁화가 보여서 반갑다. 어떤 집의 독특함이 좋아 셔터를 누르는데 마침 정원에 있던 아주머니가 나와 쏼라대며 반가워죽는다. 그러고는 뭐라고 계속 알아듣지 못할 말을 하는데, 그거밖에 더 있으랴 싶어 코리아!라고 외치니, 코리아!라고 복창하며 반가워한다. 이래저래 자마르디에서 여행자의 마음이 살살 녹는다.

그러나 발라톤의 비밀은 수심에 있다. 100미터를 나아가도 성인의 허리밖에 차지 않는, 경이로울 정도로 얕은 수심! 아득하게 먼 곳에 서 있는 사람들이 신기해 보인다. 여기저기 붙어 있는 다이빙 금지판을 보고 킬킬 웃는다. 수심 50센티미터이니 다이빙하지 말 것! 어기면 휠체어를 타는 신세가 될 수도 있다는 경고가 그림으로 그려져 있다.

오른쪽으로는 아득한 수평선(도대체 이게 어떻게 호수야! 발라톤의 크기는 육안으로 보이는 것의 세 배라고 한다), 왼쪽으로는 작은 섬의 붉은 지붕들, 저 멀리 막대기를 꽂아놓은 것처럼 촘촘하게 떠 있는 요트, 은은하게 남실거리는 수면을 보노라니, 불현듯 물에 들어가고 싶어진다. 당최 운동과는 거리가 멀고 당연히 수영도 못하는 나로서는 좀처럼 없는 일이다.

이토록 얕은 수심이라니 가족 단위 휴양지로 최고겠다. 자연스럽게 물과 친해질 수 있고, 노 젓기부터 윈드서핑까지 점차 난이도를 높여가며 해양 스포츠를 즐길 수 있으니 얼마나 좋은가! 요트 같은 것 없어도 된다. 15만 원짜리 고무보트면 충분하다. 사고 싶어서 다 알아봤다. 아버지와 어린 아들이 빠르게 노 젓는 모습을 보니 아이들이 다 큰 것이 서운할 정도다. 중학생쯤 되어 보이는 아이들이 돛을 자빠뜨려 일으켜 세우느라 애를 쓰고 있어도 하나도 걱정되지 않는다.

우리는 여행자 주제에 튜브를 사고 싶어 안달이 났다. 발로 젓는 오리배가 있지만 심심해 보였고, 튜브 대여점은 없었다. 그리고 나는 난생처음 느껴보는, 물에 직접 닿고 싶다는 욕망을 해소해야 했다. 딸은 수영을 잘하는데도 침대형 튜브에 로망이 있는 것 같았다. 곧바로 불가리아 가는 저가항공을 타야 했기에 무게 따져 가며 한참 궁리하다 작은 침대형 튜브를 산다. 3000포린트(15000원).

이런 것을 보고 천혜, 하늘이 내린 것이라고 말해야 하리라. 물속은 자갈 하나가 없는 모래사장이다. 물은 깨끗한데 석회 성분이 많은지 우윳빛이라 말갛게 비치진 않아 두려움이 확 몰려들었다. 그러나 이내 익숙해졌다. 튜브에 앉았다, 누웠다, 엎어졌다 할 수 있었고, 두 손으로 찰랑대며 노 젓는 시늉도 해보았다.

제자리에서 맴도는 것이 서운하던 차에 잠시지만 딸이 힘껏 밀어주었을 때의 속도감은 실로 낯선 짜릿함이었다. 내 힘으로 물살을 가르는 속도를 느끼고 싶었다. 여기서라면 나도 카약이나 윈드서핑에 도전할 수 있을 것 같았다. 아니, 하고 싶었다. 바다(사실은 호수지만)가 관조의 대상이 아니라, 내 즐거움과 도전의 장이 될 수 있다는 것이 놀라웠다. 이곳에서 3박만 하는 것이 못내 아쉬웠다.

자마르디에는 미루나무가 도열한, 구획 잘 된 도로가 바둑판처럼 펼쳐져 있어 자전거 타기에도 좋다. 매일 자전거를 타고, 물놀이하는 것만으로도 완벽한 평화를 누릴 수 있는 곳이다. 해질녘, 깔고 누웠던 매트를 도르르 말아 옆에 끼거나 고무보트를 끌고 돌아가는 사람들에게서 평화가 느껴진다.

천국은 이런 모양이 아닐까,
튀르키예 페티에

2012년 12월 처음 가본 튀르키예 카파도키아는 그저 그랬다. 사진으로 볼 때는 기괴하고 역사성도 엄청나서 기대했는데 정작 눈앞에 펼쳐지니 밋밋했다. 딱 컴퓨터그래픽으로 만들어진 영화를 보는 기분이랄까. 수천만 년에 걸친 지각 변동으로 산맥이 융기하고 용암이 쌓이며 생긴 원추형 기둥에, 박해를 피해 숨어 들어간 초대 기독교 신자들이 파 놓은 수도원과 교회가 1000개라니, 그 어마어마한 의미가 사무치지 않은 것은 내가 신자가 아니기 때문일까. 일단 너무 많고 너무 비슷비슷해서 첫눈에 으악! 하고는 그만이었다. 내 눈으로 보고, 내 손으로 쓰다듬고, 내 발로 걸으면서도 시종 "CG 같아!"라는 말이 떠나질 않았다.

파묵칼레는 그보다 훨씬 나았다. 다량의 석회질이 함유된 온천수가 흐르면서 이룬 거대한 목화성—올록볼록 볼륨을 자랑하는 하얀 성채가 볼만했거니와, 콸콸 쏟아지는 따뜻한 물을 맨발로 헤치며 올라가는 바닥에 새겨진 기기묘묘한 무늬가 일품이었다. 뽀얗게 솟아오르는 물에서 수영과 일광욕을 즐기는 사람들도 재미있었다.

게다가 목화성 뒤편으로 고대도시-히에라폴리스가 펼쳐
져 있다. 나는 유적이 밀집된 에페스보다 이곳이 더 좋았다.
4세기경 로마의 도시였다고 하는데, 원형극장이며 대형 목
욕탕의 잔해만 남아 있어도, 너른 벌판에 뒹구는 대리석 기
둥만으로도 유장한 시간의 흐름을 느낄 수 있었다. 1700년
이라는 세월 속에 도시는 폐허가 되었어도, 하늘에는 여전
히 구름이 아름답고 땅에서는 노란 꽃이 반짝이고, 신랑 신
부는 웨딩 촬영을 한다. 모든 것이 지나간다는 것을 이처럼
극명하게 보여주는 장면이 또 있을까. "유적! 내가 잠깐 올
려놓을게." 당시 방영되던 드라마 〈환상의 커플〉 속 한예슬
처럼 뻣뻣하고 도도한 톤으로 말하며 들고 다니던 과일 봉
지를 잘려나간 기둥에 올려놓는 딸 덕분에 웃는 지금, 오직
지금 이 순간밖에 없다는 것을 고대도시가 알려 준다.

인구 1만 5000명의 소도시 보드룸은 동화였다. 겨우 버
스 한 대가 지나갈 정도로 좁은 도로가 시작되는 순간, 댕댕
댕 동화 속 세계로 진입하는 종소리가 들리는 것 같았다. 시
내 도로가 모두 이렇게 좁다. 집들도 도로와 어울리는 모양
으로, 반듯한 상자 모양의 하얀색 이층집이라 소인국에 온
것 같다. 전통을 지키려는 합의가 있지 않고서는 유지될 수

없는 풍경이었다. 그 전통은 결코 외국인을 위한 관광 목적은 아니었다. 호텔 주인이 외국인을 보고 놀라서 눈을 동그랗게 뜨는 곳, 사진 찍어도 좋으냐는 몸짓에 그물을 손질하던 어부가 가만히 고개를 끄덕이는 곳.

지중해라는 이름값으로 충분해

그리고 페티에는 풍요다. 지중해라는 이름값을 하듯 새파란 바닷가에는 하얀 요트가 빽빽하게 정박해 있고, 화요 장터는 풍성함 그 자체였다. 고급스러움과 소박함을 다 갖춘 것이 좋았지만 어차피 요트는 내 관심사가 아니고, 유독 시장을 좋아하는 나에게 페티에 화요 장터는 압권이었다.

당시 인구 6만여 명의 소도시에 누가 다 먹는다고 이 많은 청과물이 쏟아져 나왔는지, 실로 엄청난 양에 입이 딱 벌어졌다. 주먹만 한 감자가 1킬로그램에 500원, 베개만 한 바게트도 한 개에 500원, 세숫대야만 한 양배추 하나에 2000원, 각종 치즈도 1킬로그램에 만 원(2012년)…. 착한 물가에 눌러앉아 살고 싶었다.

이렇게 농산물이 크고 싸니 나눠 먹기도 쉽겠지. 먹고살 걱정이 없는 곳이 천국 아니던가. 히잡을 쓰고 괴질레메(튀르키예 빈대떡)를 부치는 아지매들이며, 아까 오다가 길을 물어본 인연으로 치즈를 사라고 붙잡는 청년이며 모두 낯이 익다. 그렇다. 유년의 외가 같고, 이십 대에 농활 갔던 강원도의 푸근함을 닮았다. 어찌나 낯익고 정겨운지 꼭 추억 속으로 시간여행을 온 것 같았다.

튀르키예는 가는 곳마다 다른 얼굴을 가지고 있었다. 그야말로 천의 얼굴이었다. 자연과 역사와 문화와 사람을 다 갖춘 여행지라고 할까. 그중에서 하나를 꼽으라면 단연 페티에다. 사람 마음은 비슷한지 영국인들이 선호하는 은퇴 후 거주지라고 했다.

관광 포인트도 여럿 있는데 그중에서 욜루데니즈 해변이 유명하다. 어마어마하게 큰 펜션타운을 거쳐 나타난 해변은 정작 아담했다. 철 지난 바닷가에 해가 기울기 시작한 때라 수영을 하거나 일광욕을 하는 사람들이 얼마 되지 않았는데, 그 빈자리를 몽돌을 쓸고 가는 파도 소리가 채우고 있었다. 파도가 밀려와서는 차르르 차르르 소리를 내며 몽돌을 쓰다듬고 돌아섰다. 차르르 차르르 물결이 돌을 다듬어 완벽한 달걀 모양을 만들어놓은 세월이 기가 막히고, 차르르 차르르 몽돌 사이로 빠져나가는 파도 소리가 듣기 좋아서 한참을 홀려 있었다. 차르르 차르르, 세상에 이보다 맑고 낭랑한 소리가 또 있을까 싶은데 이쪽저쪽 봉우리에서 자꾸만 패러글라이더가 해변으로 내려앉는다.

순간 시간이 멈추고 마음이 저절로 풀어진다. 완벽한 평화. 이렇게 완벽한 평화가 가능한데 눈곱만한 일로 볶아대며 살았구나. 옹졸하지 말자, 받아들이자, 아니면 흘려버리자…. 여행길의 사소한 마찰로 시끄럽던 마음이 가라앉았다.

2015년에는 고대 리키아인의 유적이 남아 있대서 리키아길(Lycian Way)이라 불리는 길을 걷기도 했다. 페티에에서 안탈랴를 잇는 500킬로미터에 달하는 길인데 우리는 겨우 6킬로미터를 걸었지만, 아름다움을 느끼기에는 충분했다. 과하지 않은 오르내림 속에 울창한 소나무와 고즈넉한 야생화 사이로 고대인들의 집터가 불쑥불쑥 나오는 것이 정다웠다. 아직 물이 고여 있는 거대한 공동우물도 보았다.

그때 칼리스 해안에 묵었는데 보기만 해도 눈이 시원할 정도로 구획이 잘된 고급 주택단지라 페티에가 더 좋아졌다. 집 앞 도로가 4차선 도로는 될 만큼 뻥뻥 뚫리고 눈이 돌아갈 만큼 예쁜 집이 즐비하다. 맘에 쏙 들었던 숙소가 일박에 3만 원 선이었던 기억.

숙소를 찾아 들어갈 때 한 정거장 미리 내리는 바람에 좀 걸어야 했다. 배낭에 캐리어만으로도 버거운데 화요 장터에서 한 보따리 청과물을 산지라 짐이 너무 많았다. 마침 내

옆에 아이를 걸리고 빈 유모차를 밀고 가는 아주머니가 있었다. 나는 아주머니에게 눈으로 사정하며 보따리를 유모차에 실었다. 여기서는 그래도 된다는 것을 알고 하는 일이다. 아주머니는 쾌히 내 짐을 밀고 가다가 방향이 갈리는 곳에 이르러 자기는 직진한다는 손짓을 한다. 이 넉넉함, 이 푸근함. 페티에는, 아니 튀르키예는 풍요 그 자체이다.

죽고 싶은 곳

세상의 끝, 베네치아

어떻게 세상에 이런 곳이 있을 수 있을까. 사진으로 많이 봐서 짐작은 했지만 직접 본 베네치아는 환상의 극치였다. 이탈리아라는 수식을 붙이기가 망설여질 정도로 독보적인 베네치아는 완벽하게 아름다운데 생명의 기미라곤 느껴지지 않았다. 모든 건물이 물에 떠 있고, 그 사이를 미로같이 좁은 운하가 연결하고 있다. 집집마다 작은 보트가 있고, 커다란 짐을 실은 보트가 오가는 것으로 보아 보트가 중요한 생활수단임이 분명한데도 천천히 미끄러지는 곤돌라는 산 채로 탄 꽃상여같이 아득했다. 궁전인지 성당인지 둥근 지붕의 아름다운 건물이 천연덕스럽게 바다에 떠 있는 장면은 영화 〈트루먼쇼〉처럼 저 끝자락이 도르르 말려 있을 것 같을 정도로 비현실적이었다.

세상의 끝, 판타지의 끝, 퇴폐미의 완성…. 이틀 머물기도 어지러웠다. 아무리 유명 관광지라고 해도 현지에 뿌리박고 사는 주민이 있어 생활의 냄새를 맡을 수 있는데 베네치아에서는 그걸 조금도 느낄 수가 없는 탓이다. 영화 세트장 같고 아예 영화 속에 들어와 있는 것 같은 느낌에 피로했다. 아예 죽음의 냄새가 났다. 6세기에 조성된, 무수한 섬으로 이어진 지대에 떡갈나무 기둥 수백만 개를 박아 만든 놀라운 도시는 지금도 조금씩 가라앉고 있다니 죽음과도 잘 어울린다. 마침 베네치아에 묻힌 유명인 한 사람이 내 상상력을 뒷받침해 준다.

다 산 것 같은 이 기분

페기 구겐하임. 타이타닉호에서 사망한 부친의 유산을 상속한 그녀는 부자가 할 수 있는 가장 멋진 일을 했다. 하루에 한 점씩 미술작품을 사들였다든가 꾸준히 컬렉션을 하며 가난한 화가들을 지원해 현대미술의 중심을 파리에서 뉴욕으로 옮겨놓았다는 평가를 받는다. 브라크, 달리, 막스 에

른스트, 자코메티…. 그녀가 애정한 화가들이다. 그중에서도 특히 잭슨 폴록의 진가를 알아보고 발굴한 것으로 유명하다. 그녀는 열네 살에 세기적인 사고로 아버지를 여의었고, 세 번의 이혼 경력을 갖고 있으며, 오십 살에 베네치아에 정착해 살다가 그 집 정원에 잠들어 있다.

페기 구겐하임 미술관에 가기 위해서는 짧게 배를 타야 했다. 날씨가 어찌나 좋은지 햇살에 부딪히면 쨍그랑거리는 소리가 날 것 같은 탄력이 느껴지는 날이라 미술관 주변 풍경도 눈부시게 아름다웠다. 관광객이 바글거리는 본섬에 비해 한적하고 우아해서 고급스럽기 그지없다. 살던 집을 개조했으니 탁 트인 미술관 홀이 아니라 주택의 작은 방이 조촐하게 이어지는데, 피카소, 샤갈, 르네 마그리트가 남긴 명화가 즐비하다. 도슨트에게 그림 설명을 듣고 있는 초등학생을 두 팀이나 보았다.

땅이 부족한 탓이겠지, 부호의 집이라기엔 조촐한 정원에 페기 구겐하임은 애견 열네 마리와 함께 묻혀 있다. 아무런 장식도 없이 "PEGGY GUGGENHEIM, HERE RESTS"라고 쓰인 명패가 그 어떤 화려한 컬렉션보다 심금을 울린다. 그녀의 아버지는 일등실 고객이라 먼저 구명정을 탈 수 있었음에도 남들에게 양보하고 죽음을 택했다고 한다. 영화

에서 악단에게 연주를 하게 하고 술잔을 들던 인물이라고
한다. 아버지 못지않게 영화 같은 삶을 살다 간 페기 구겐하
임, 이야기 속에 살다가 표표하게 사라진 그녀가 택한 죽을
자리, 베네치아.

자극이 너무 심한 탓일까. 딱 이틀 배정한 것이 아까워
환상적인 풍경을 너무 열심히 째려본 탓일까. 좀 지치는 기
분. 이제 막 도착했는지 허술한 장면에 카메라를 눌러대는
사람들을 보니 다 산 것 같은 기분이 든다.

언제고 내가 사라질 것이
당연하게 느껴지는, 앙코르와트

태국과 캄보디아의 국경에는 'The Kingdom of Cambodia'
라고 쓰인 시멘트 구조물이 달랑 세워져 있었다. 낡고 조악
하여 놀이동산만도 못한 구조물에 한 번 놀라고, 태국에서
일하기 위해 나무 손수레를 밀고 가는 캄보디아 사람들의
초라한 행색에 두 번 놀란다. 모든 것이 회색이었다. 나중에
앙코르 유적지의 엄청난 스케일과 위용에 감탄할 때마다 국
경이 떠올랐다. 12세기에 이만한 건축물을 건설할 정도로

부와 문명을 갖추었던 국가가 오늘날 왜 이렇게 되었는지 역사의 비밀을 알고 싶었다.

앙코르 유적지는 드넓은 열대의 평원에 세워진 사원군이다. 거대한 돌탑과 내부 공간으로 이루어진 사원이 끝도 없이 이어지는 바람에 입을 다물 수가 없다. 사원의 분포가 만다라 모양이라고 하던가, 기술이 부족했던 시대에 이렇게 엄청난 건축이 가능했던 데는 절대권력이 필수적이었을 테니 캄보디아는 '킹덤kingdom'이라는 말이 잘 어울리는 나라임에 틀림없다. 앙코르와트는 사원 중 하나인데, 웅장하고 세련된 건축미가 뛰어나 앙코르 유적지의 대표 명사가 되어버렸다.

2008년에 앙코르 유적지 관람비가 1일권이 20불, 3일권이 40불, 일주일권이 60불이었으니 물가 대비 적은 금액이 아니다. 구걸에 나선 아이들이 얼마나 많고 집요한지 안타깝기는 해도 해줄 수 있는 일이 없어 무력감을 느낄 때, 독보적인 유적으로 벌어들이는 관광수입이 캄보디아에 오롯이 돌아가기를 나는 빌었다. '무한대의 기술과 자본이 투입된다고 해도 앙코르 유적을 복원하는 데 100년이 걸린다'는 자료를 보고 나니 앙코르와트 뒤에 다국적 관광재벌이 버티고 있을 것만 같아서이다.

"원 달라!"

캄보디아에 다녀온 사람이라면 당분간 "원 달라!"의 환청에서 벗어나지 못할 것이다. 어딜 가나 구걸에 나선 어린 아이들이 있었다. 몇 번은 원 달러를 쥐여 주기도 하지만 너무 많기도 하고, 나의 무심한 행동이 아이들의 구걸행각을 조장하는 것 같아 심란하다. 한번은 남매에게 원 달러를 준 뒤 무심히 사진을 찍는데 누나가 동생의 옷매무새를 고쳐주어 놀란 적이 있다. 자기도 카메라를 똑바로 보며 포즈를 취해주었으니 이미 서비스 정신을 익힌 것이다.

거대한 수상촌 톤레삽 호수의 물빛은 진흙탕에 막걸리를 부은 듯 걸쭉하고 탁했다. 관광객을 태운 배마다 조금 큰 아이들이 조수로 일하고 있었는데 그 애들이 호수에서 놀다가 잠수까지 할 때는 내가 숨이 참아졌다. 그 선상에도 "원 달라!"를 외치는 아이들이 따라붙었다. 배 옆의 좁은 틈새로 눈이 마주쳤을 때도 "원 달라!"를 외치는데 그야말로 웃픈 심정이 되었다.

앙코르 유적지는 엄청났다. 오늘날에도 상상을 초월하는 스케일에 압도당하는 기분이었다. 이 많은 돌이 다 어디서 왔으며, 이 거대한 돌탑을 쌓은 노동력이 얼마이며, 아마도 가장 힘없는 계층을 당근과 채찍으로 부렸을 권력은 또 얼마나 도저했을지 앙코르 왕조가 궁금해진다.

그중에서도 스케일 하면 '앙코르톰'이 최고인데 108개의 커다란 석상이 양쪽으로 도열하고 있는 식이다. 앙코르톰에는 '바욘'이나 '코끼리 테라스'처럼 볼거리도 많았다. '바욘'은 멀리서 보면 거대한 돌탑으로 보이고, 가까이에서 보면 돌탑마다 거대한 인면상이 조각되어 있는데 앙코르톰을 세운 주역 자야바르만 7세(재위 1181~1201)의 모습이다. '직계가 아닌 방계로서 왕이 된 그가, 귀족들을 견제하고 백성의 신망을 얻고자 스스로 관세음보살이라 믿게 하고 왕권을 강화한 생생한 흔적'이다. 어느 방향에서 보아도 똑같은 템플 마운틴으로 이루어진 거대한 요새의 내부에 끝없이 중첩되는 작은 공간도 있어서 12세기에 이만한 상상력과 심미안이 가능했다는 것이 불가사의할 뿐이다.

나는 코끼리 테라스가 그중 좋았다. 앙코르 유적지 전부가 감탄의 연속이지만 촘촘하게 도열한 코끼리가 300미터에 달하는 테라스를 떠받치고 있는 코끼리 테라스에 이르면 숙연해질 정도로 감동에 빠지곤 했다. 어린아이가 그린 그림처럼 단순한 코끼리가 세련되고 현대적으로 보이는 것도 좋았다. '자야바르만 7세가 이곳에 앉아 전쟁에서 이기고 돌아오는 무사들을 맞이했다'는데, 그의 정치력이 예술적인

상징성에까지 미친 덕분에 지금 내가 코끼리 테라스 앞에 서서 감탄하고 있다(이우상, 《앙코르와트의 모든 것》 참고).

인생사에 지칠 때는 앙코르와트에 가보시라

영화 〈툼레이더〉의 촬영지로 유명한 '따프롬'에서는 사원을 집어삼킬 듯 기괴한 나무들이 주인공이었다. 흡혈귀처럼 유적을 칭칭 감은 벵골 보리수나무에 정령이 깃들어 있을 것만 같았다. 지나가는 가이드에게 커다란 나무의 수령을 물어보니 겨우 400년이란다. 열대지방이라 수령에 비해 빨리 자란 것 같다.

'반띠아이쓰레이'의 고즈넉하고 차분한 정취도 좋았는데 다른 곳보다 정교하고 입체적인 조각상들은 유독 부식이 심해서 금방이라도 허물어질 듯이 위태로웠다. 조금의 틈새도 남기지 않고 아름다움과 기원을 새겨 넣은 천년 예술혼이 서서히 사라지고 있었다. 얼굴 한쪽과 무릎 아래가 뭉그러져 형태를 알 수 없는데도 은은한 미소를 짓고 있는 압살라(무희, 미녀)가 가슴 철렁하게 아름답다.

유적들은 서둘러 흙으로 돌아가고 있었다. 그리고 그 광경을 나무 한 그루가 묵묵히 바라보고 있었다. 캄보디아 사람들의 신산한 삶을 대변하듯 얄팍한 다리에 툭툭 튀어나온

핏줄처럼 심란한 나무. 내가 반띠아이쓰레이에서 좋았던 것은 사라지는 것의 덧없음, 쓸쓸함이었는지도 모르겠다. 문득 시간이 멈춰버린 것 같은, 뙤약볕 속의 정적과 함께.

어딜 가나 유적이 발길에 치였다. 돌무더기, 혹은 인류의 문화유산이 데굴데굴 굴러다니며 방치되어 있었다. 돌이 썩고 있었다. 쨍한 햇볕 아래 목이 뎅강 잘린 나가naga(뱀, 수호신이라고 한다)와 발만 남기고 사라져버린 붓다를 쳐다보다 보면 이대로 이 순간이 멈춰버릴 것만 같았다. 돌이 썩도록 무심히 흐르는 시간 앞에서 내게 허락된 80여 년의 시간 따위는 그대로 바스라지고 말 흑백사진도 못 될 것 같았다. 그런데도 석상들은 천 년을 빌고도 모자라, 아직도 손을 모으고 있다. 아무것도 아닌 인생이지만 그래도 정성을 다해 살고 사라지라고 말하듯이.

앙코르와트의 영화는 구걸에 나선 아이들과 대비되며 극적인 인상을 안겨주었다. 커도 너무 크니까 부식이 주는 충격도 커서, 그 거대한 상상력과 심미안과 역사성에도 불구하고 인생무상의 깊은 인상을 새겨주었다. 그러니 인생사에 지칠 때는 앙코르와트에 갈 일이다. 밀림에 사원으로 만다라를 수놓은 권력도 사라지고 없다는 것을 가슴에 담을 때, 언제고 내 인생도 가뭇없이 사라지고 말 것이 당연하게 여겨진다. 쨍한 햇볕 아래 무릎 꿇으면 내 위로 돌탑이 무너져 내릴 것 같은 환각이 오늘 내게 허락된 하루가 기적임을 알려준다.

아는 사람이 이렇게 좋은 것, 튀르키예 우준골

튀르키예 동부 트라브존에서 우준골 가는 버스 기사 아저씨의 인상이 참 좋다. 영화배우 리처드 기어의 먼 친척쯤 되는 듯한 느낌인데 얼굴이 하회탈이다. 법 없이도 살 사람의 전형적인 얼굴에 책임감이 아로새겨져 생활인 모드로 굳어진 상태. 숙소 앞까지 태워다 주어서 잘 도착했다. 놀랍게도 다음날 타운을 산책하는데 그 기사가 어떤 식당 앞 노천 테이블에 앉아 식사를 하고 있는 게 아닌가. 반갑게 웃으며 우리도 그 식당에 앉고 보니 이 집이 딱 내 스타일이다.

조그만 괴질레메 전문점인데 주방이 두어 평, 노천 테이블이 세 개, 작아도 너무 작으니까 오히려 정답다. 몸집을 키운 세련된 식당들 틈에서 유일하게 살아남은 동네 식당 분위기다.

영어로 주문을 받는 아가씨가 워낙 발랄해서 대꾸만 해 줘도 분위기가 방방 뜬다. 아가씨는 독일에서 일하다가 휴 가를 받아 왔다고 하고, 이 집은 사촌네 집이고 버스 기사도 친척이라며 다정하게 포즈를 취해준다. 슬쩍 쳐다보니 주문 을 받은 다음에 반죽을 밀기 시작하는 것이 미더워서 주방 으로 들어가 본다. 하도 허물없이 구는 튀르키예 사람들에 게 반해 나도 절반은 튀르키예 사람같이 군다.

괴질레메는 밀가루 반죽을 얇게 밀어 치즈·고기·야채 를 넣고 반으로 접어 부쳐 먹는 튀르키예식 빈대떡이다. 주 방에는 아가씨2가 있다. 어머니는 반죽을 밀고, 아가씨2는 속을 넣고, 주문 받던 아가씨가 철판에서 굽는다. 바로 구워 주니 엄청 맛있어 보이는 데다 주방이 깔끔해서 신뢰감이 증폭된다.

아가씨1에게 어찌 그리 영어를 잘하느냐고 물으니 언니 가 영어를 더 잘하고 게다가 한류 마니아라고 한다. 그 말을 받아서 어떤 드라마를 제일 좋아하느냐고 아가씨2에게 물 으니 〈시크릿 가든〉이라는 대답이 돌아오고, 짐짓 "예쁘다" 라는 단어까지 발음해 보이는 목소리가 차분하니 지적이다. 아가씨2의 인상이 너무 좋아서 더 대화를 나누고 싶다. 마 침 주방에 있는 수염 난 아저씨에게 시선을 돌리니 누가 뭐라고 하지도 않는데 "I can't speak English" 그런다. 거기다 대고 내가 "Problem yok"이라고 받아치니 좁은 주방이 웃음 소리로 가득 찬다. "욕(yok)"이라는 말이 튀르키예어로 "no"라고 하는데 발음이 재미있어서 한번 쓰고 싶던 차에 제대로 써먹어서 나도 기분이 좋다. 마침 괴질레메가 나와서 자리에 앉으니 버스 기사 아저씨가 자기가 먹던 포도 접시를 슬쩍 밀어주고 간다. 고향에라도 온 양 마음이 풀어진다.

매콤한 치킨을 넣은 괴질레메는 최고였다. 반죽이 부드러우면서도 불맛이 느껴지고 간도 꼭 맞았다. 나는 그만 이 집에 마음을 빼앗겨 버린다. 언제고 이국의 도시에 장기 체류를 하고 싶은데, 내 집처럼 편안한 단골식당의 로망을 아가씨2가 떠올리게 해주었기 때문이다. 영어로 기본적인 소통이 되고, 한국문화에 관심이 많아서 서로의 모국어를 가르쳐줄 수 있다니 얼마나 환상적인가.

그 이전에 얼굴색이 창백한 아가씨2는 내게 상상을 부추긴다. 영어 잘하고 한류에도 관심 있으니 시야는 넓은데 조그만 고향마을에 갇혀 매일 밀가루 반죽만 오므리고 있다? 나는 그녀의 꿈과 좌절을 알고 싶었다. 그녀와 몇 마디 나눌 때 어머니가 조금은 염려스러운 낯빛을 짓던 것도 보았다. 어머니는 원장 수녀처럼 진중한 분위기인데 혹시라도 자기 딸에게 바람을 넣을까봐 걱정한 것은 아니었을지?

아아, 하루만 더 우준꼴에 체류하는 일정이었어도 나는 다시 그 식당에 가서 그녀와 이야기를 이어갔을 것이다. 우리는 다음 날 아침 9시에 버스를 타야 했다. 그러나 그 정도의 소통만으로도 우준꼴이 다르게 보이기 시작했으니….

우준꼴에는 커다란 호수 말고는 별달리 볼 것이 없다. 물가의 '자미(이슬람 사원)'가 멋을 더해주지만 우리네 백운호수 같고 그렇다. 그런데 사람이 무진장 많다. 숙박업소도 많아서 호텔 예약 사이트인 B.com에 올라와 있는 것만 80개다. 처음에는 좀 허탈할 정도였다. 다행히 숙소에서 바라보는 전망이 좋아서 산봉우리에 피어나는 운무를 보는 것으로 서운함을 달래고 있었는데, 작은 괴질레메 집을 발견한 것이다. 그 여파는 컸다.

여행지에서 볼거리보다 더 중요한 것

친해지고 싶은 사람을 만났다는 것, 잠시나마 소리 높여 함께 웃었다는 사실이 우준꼴을 특별하게 만들어준 거다. 그날 오후 나는 심심하다고만 여겼던 우준꼴을 관찰하기 시작했다. 우선 차도르를 쓴 여자들이 엄청 많다. 이들은 밥을 먹을 때도 두건을 벗지 않는다. 두건 한쪽을 살포시 들고 음식을 먹는다. 차도르 안에 공들여 멋을 부렸겠다는 짐작을 하게 되는 경우도 많다. 발찌를 한 사람이 있었으며, 앞코가 뾰족하고 펄이 들어가 밤무대 가수가 신음직한 화려한 구두를 신은 사람도 보았다. 차도르를 펄럭이며 자전거도 잘 타고, 우리에게 대놓고 호기심을 드러내기도 했다. 괴질레메를 먹고 있는데 앞에 세워진 차의 뒷좌석 유리에 새까만 머리통(!) 세 개가 달라붙어 있는 바람에 실소했다.

중동 여성들의 눈이 워낙 크고 속눈썹이 긴지라 좁게 뚫린 틈새로 고혹적인 눈매가 보인다. 그 좁은 틈새에 선글라스를 낀 모습도 볼만하다. 한번은 차도르로 무장한 눈이 예쁜 여성이 흰 바탕에 검은색 땡땡이가 그려진 우산을 활짝 펴서 허리께에 받치고 있는데 무슨 화보 같았다.

산 쪽으로 걸어가니 옥수숫대가 즐비한 밭이 우리네 농촌과 똑같다. 고추며 호박은 그렇다고 쳐도 명아주에 비름나물 같은 잡초성 나물이 똑같아서 신기하다. 세상에나, 까마중도 있다! 어릴 때 외가에서 숨바꼭질하다가 울타리 밑에 숨어서는, 술래인 주제에 몰래 따 먹던 그 까마중 말이다. 조그맣지만 닥지닥지 열리고 새콤달콤해서 먹을 만하다. 좀 더 가까운 중국과 일본에도 이런 잡초가 있는지 궁금해진다.

화덕과 테이블을 몇 개 설치해 놓은 쉼터에서 동네 사람들이 고기를 구워 먹으며 오라고 손짓한다. 배가 불러서 가지 않는다. 산길로 들어서니 계곡물이 바람에 날려 물보라로 흩어지고 패러글라이더가 내려앉는다. 빽빽한 침엽수와 짙은 색의 나무집들은 가보지도 않은 북유럽을 연상시킨다. 운무가 가득한 산으로 둘러싸인 조용한 산촌에 겨울에 와도 좋겠다.

다음 날 아침 버스를 타니 예의 기사 아저씨가 운전석이 아닌 손님석으로 올라탄다. 출근이라도 하나 보다. 손까지 번쩍 흔들며 환하게 웃는 아저씨의 모습에서 '하회탈'이 벗겨지고 '아는 사람'이 보여주는 친근함이 묻어난다.

우리가 내릴 곳이 되어 앞문으로 내리며 기사에게 "Baggage!"라고 소리치니 그 아저씨가 "Baggage here" 하고 대답하며 뒷문으로 내려 도와주는데 얼마나 친근한지 아저씨를 슬쩍 안으며 인사를 나눈다. 튀르키예 사람들이 만나고 헤어질 때 왜 그토록 안고 부비며 진한 인사를 하는지 조금은 알 것 같다.

모처럼 문화생활

인류 최초의 모신상에 반해
앙카라박물관에 가다

박물관에 꽂히는 경우는 드문데 그런 일이 일어났다. 튀르키예의 수도 앙카라의 아나톨리아 문명박물관(이하 문명박물관)은 구석기 시대부터 그리스 로마 시대의 유물을 전시한 곳이다. 언젠가 그곳의 소장품 사진 한 장에 반해서 오직 박물관 때문에 앙카라에 갔다. 나는 마음만 먹으면 되지만 이동에 따르는 모든 수고는 딸이 했는데 딸의 수고가 헛되지 않게 입구에 들어서는 순간 그곳을 좋아하게 되리라는 예감이 들었다.

단정하고 품위 있고 아담한 뜰, 거기 있는 새집조차 달랐다. 오스만 건축양식으로 지은 새집이라도 되는지 2층으로 된 하얀색인데, 2층이 대거 좁아지며 6각형 지붕이 맵시 있고, 옆구리에 달린 처마는 금방이라도 날아갈 것처럼 날렵했다. 뜰에는 눈코입이 뭉개져 바윗돌이 되어버린 로마시대의 사자상과 세월의 더께를 입고 있는 커다란 옹기들이 늘어서 있는데 모든 것이 편안하고 박물관다웠다.

문명박물관의 인기 전시품은 인류 최초의 도시 차탈회위크의 출토품이다. (튀르키예는 지구상 가장 오래된 인간의 집단 거주지 중 하나이다.) 그중에서도 인류 최초의 모신상이 제일 유명한데 짙은 색의 토기로 양쪽에 동물을 거느리고 앉아 출산하는 형상이다. 얼굴과 발은 작은데 몸은 건장하여 가슴과 배가 축 늘어져 있고, 엉덩이는 위풍당당하게 강조되었다. 허벅지와 다리도 전사의 그것처럼 두껍고 강인해 보인다. 내가 여행 전에 사진을 보고 모신상에 반해서는 이 박물관에 가겠다고 했을 때 딸이 시큰둥하게 "나는 저런 모습 매일 본다"라고 했던 바로 그 모습이다. 올록볼록한 내 체형이 인류 최초의 모신상과 닮았다니 영광이다.

BC 6000년경, 그 까마득한 시기 최초의 인간을 상상해

본다. 차탈회위크의 주거지는 소꿉놀이라면 딱 맞을 정도로 그렇게 작았다. 사슴과 레오파드 무늬가 선명한 부조도 있었는데 레오파드의 단순한 실루엣에 비해 사슴은 훨씬 사실적이다. 이런 수준에 비하면 모신상은 완벽하다고 하겠다. 훨씬 뒤인 히타이트 철기시대의 욕조가 캐리어만 하니 그 시대 사람들의 체구가 아주 작았으리라는 증거는 여기저기에 있다. 그렇게 작은 몸으로 거주공동체를 이루고, 사냥을 하며 살아간 것만도 감격스러운데, 어머니와 대지와 생산을 동일시한 믿음을 가지고 있었다는 것이 감탄스러웠다.

모신상에 깊이 감정이입 하다 보니 인류의 역사에 대한 관심이 크게 고조되었다. 멍해질 정도로 규모가 크고 사람들이 너무 많아서 시장바닥 같았던 대영박물관에서도 갖지 못했던 탐구심이었다. 문명박물관은 1997년에 유럽 최고의 박물관으로 선정되기도 했다.

유물을 둘러보다 보니 그릇과 장신구, 동물 모양의 조상으로 나뉜다. 그중에서도 정교하고 세련되기로는 사슴이 제일이고, 숫자도 그중 많다. 원 안에 세 마리 사슴을 배치한 청동기시대의 사슴상은 앙카라 시내에 동상으로 제작되어 있을 정도로 대접을 받고 있다. 현대의 작품이라고 해도 손색없는 조형성에 감탄한다. 유물이 얼마나 많은지 세 줄로 진열을 해놓아 왔다 갔다 하며 보느라 정신이 없다. 사실 차탈회위크를 보던 눈으로 6~7세기 유물을 보면 엄청 세련되어 유물이라는 생각이 들지 않을 정도였다. 여체를 본뜬 토기 물병은 은근하고, 동화 속 삽화 같은 집 모양의 도기 물병은 세련되었다. 눈길을 사로잡는 것들이 많아 3시간이 후딱 지나갔다.

슬슬 피곤해지는 몸을 이끌고 지하로 간다. 지하는 석조물을 위한 공간인데 갑자기 공기가 서늘해지고, 천장이 부쩍 높아진다. 천장의 장식미가 뛰어나거니와 환풍이며 공기 조절에도 신경을 쓰고 있다는 얘기이다. 돌 썩을까봐 이렇게 잘해 놓은 거야? 돌을 이 정도로 관리한다면 구석기시대 유물에 얼마나 공을 들이고 있을지는 안 봐도 훤했다.

바로 여기, 튀르키예는 국민소득으로 보면 우리의 절반에도 한참 못 미치는데 가끔 이런 저력을 확인할 때가 있다. (우리는 국민소득 2만 7000불, 튀르키예는 1만 1000불, 2016년) 유물의 중요성을 인지하고 최우선으로 보존 전시하는 것은 아무나 하나? 그 안목과 품격에 공연히 투덜댄다.

하지만 이해하지 못할 것도 없다. 튀르키예는 지리적으로는 3퍼센트만 동유럽에 속하고 나머지는 서아시아에 속해 있지만, 4세기에 이스탄불(당시에는 콘스탄티노플이라 불림)

이 동로마제국의 수도였으며, 13세기부터 시작된 오스만제국이 번성하여 이란, 이라크, 시리아, 이집트 등을 통치했다. 동서양의 종교와 문화와 역사가 격돌하고 융합함으로써 엄청나게 복합적이고 두툼한 문화적 유산을 갖게 된 것이다. 나는 사전지식이 없는데도 직관적으로 이런 중층성에 매료된 것이고.

"포도주를 끔찍하게 좋아했고,
노름에 빠졌으며, 여자라면 튀르키예인을 능가했지."
—《리어왕》, 3막 4장 에드가의 대사

"이런, 이건 난폭하고 잔인한 스타일이군.
도전자들의 스타일. 이런, 그녀가 내게 도전한 거야.
기독교인에게 도전하는 튀르키예인처럼."
— 〈뜻대로 하세요〉 3막 4장 로잘린드의 대사

(이호준, 《클레오파트라가 사랑한 지중해를 걷다》에서 재인용)

튀르키예는 셰익스피어의 희곡에도 자주 등장할 정도의 위상을 갖고 있었다. 그런 튀르키예가 1997년, 2016년 연달아 쿠데타가 일어나는 등 정세가 불안해 보여서 마음이 쓰이더니 2023년 초 동부 대지진으로 큰 희생을 입어서 너무 가슴이 아프다.

내가 역사의 산물임을 깨닫는 순간

그러다 유리가 나왔는데 얼마나 신기하던지 나도 모르게 "유리다!" 하고 소리를 친다. 유물이 전시된 순서를 따라 신석기시대와 청동기시대…를 거치며 인류의 발전에 감정이입이 된 덕분이다. 내가 어디서 뚝 떨어진 개체가 아니라 1만 년에 가까운 역사 발전의 산물임을 깨닫는 순간이었다.

집중해서 보느라 급격하게 피곤하고 배도 고파서 서운한 마음으로 박물관을 나와 성채로 간다. 이 동네는 지대가 높아서 아무 식당이나 들어가도 환상적인 전경이 펼쳐진다. 앙카라는 시야를 가로막는 것이 아무것도 없는 분지라 외적의 침입을 적시할 수 있어서 수도로 채택되었다고 한다. 전에는 무미건조한 행정도시라고만 여겼는데 아나톨리아 문명박물관 말고도 언덕에서 바라보는 풍경이 대단하다. 시야를 가리는 한 점 방해물 없이 눈에 가득 보이는 거대한 하늘만으로도 감격스럽다. 내가 다른 행성에라도 왔는지 어디에서도 본 적이 없는 광대무변한 하늘이다. 거기에 구름이 가득하여 시시각각 모양을 바꾸는데 그 아래 담황색 지붕과 어울려 한 폭의 그림이다. 전통마을 분위기가 물씬 나는, 성 아래 마을까지 어울려 차마 두고 오기 아까운 곳이다. 곳곳에 좋아하는 마음을 숨겨놓고 다니는 여행길이 좋다. 이제 나의 지도에 앙카라도 색깔이 칠해진 것이다. 그리고 그 심장부에 아나톨리아 문명박물관이 있다(2015년).

거대한 정신의 덩어리, 오스트리아 빈

모차르트에 대해서는 영화 〈아마데우스〉에 나오는 웃음소리밖에 알지 못하는데 빈에 발을 디딘 순간 모차르트 때문에 감격스러웠다. 내가 빈에 오다니…. '도나우강' 앞에 섰을 때도 그런 감회가 일었으니 우리가 성장기에 너무 서구 위주의 교육과정을 배우고 있나? 어쩌다 외국인과 우리나라 이야기를 할 때는 아무리 머리를 굴려도 우리만의 것이 떠오르지 않아 애를 먹었으니 말이다.

어쨌든 음악의 도시 빈에 왔으니 오페라를 한 편 보자. 중고시절 내내 음악 시간이 가장 고역스러웠던 음치인데도 그런 생각을 했다. 세계 3대 오페라 하우스의 하나라는 빈 오페라 하우스의 위용이 대단하다. 묵직한 석조건물에 더해진 세월의 힘이 절로 느껴진다. 그 건물 벽에 기대어 다섯 시간이나 줄을 섰다. 매일 오페라 공연이 있고 운 좋게도 〈카르멘〉과 시간이 맞았는데, 좌석이 없어서 입석 줄을 선 것이다. 12유로에서 200유로까지 한다는 1700석의 좌석은 매진되었고, 입석 500여 석을 판단다(2013년). 입석에도 레벨이 있는지 2~4유로짜리가 있는데, 고급예술을 향유하는 기회를 그까짓 입장료로 제한하지 않는다는 의미에서 아주 진취적이라고 하겠다.

이래서 여행이 좋은 거겠지. 중년이 되도록 단 한 번도 관심을 가져보지 않았던 오페라를 보기 위해 기다린 다섯 시간은 아직까지도 소중한 기억이다. 우리 앞에 서 있는 사람들은 현지의 중년으로 보였는데, 낚시 의자를 들고 다니며 앉아서 기다리는 모습에서 오페라 하우스에 거의 출근하는 포스가 느껴져 이들만 따라가기로 한다. 그날 비가 내렸다. 어둑해지는 때 중후한 석조건물을 배경으로 우비를 입은 마부가 관광 마차를 모는 모습이 고전 영화의 한 장면 같아서 내가 영화 속에 들어온 양 마음이 설렜다.

외부의 위용에 비해 정작 실내는 한눈에 들어오는 규모라 모든 관객의 시야를 보장해 주는 구조였고, 우리는 다섯 시간 줄을 선 보람이 있어 좌석 바로 뒤, 입석으로는 첫 줄에 서게 되어 앞사람 뒤통수 걱정 안 하고 관람할 수 있었다. 40~50분 공연하고 20분 쉬니 다리도 버틸 만하고. 입석 줄을 효율적으로 세우기 위해 가드레일이 있는데 다들 거기에 스카프나 손수건을 묶어서 자기 자리를 표시해 두기에 우리도 따라 했다. 뭘 해도 재미있어서 연신 킥킥 소리가 나왔다.

거의 객석만큼 큰 무대에 많으면 백여 명이 나오는 스케일이라 '막귀'에도 음악이 들린다. 워낙 유명한 오페라다 보니 익숙한 노래가 서너 곡 되고, 딸은 중학교 음악 시간에 DVD로 본 작품이라 다 기억난다며 희희낙락한다. 성량의 한계라곤 없는 주인공들의 아리아도 놀라웠지만 뜻밖에 오케스트라의 연주가 귀에 감긴다. 코앞에 오케스트라가 있다 보니 지휘자의 섬세한 손가락 놀림이나 돌연 폭발하는 팔 동작에 섬세하게 반응하는 연주자들이 다 느껴져 여간 재미있는 게 아니다. 음악이 편안하게 마음을 풀어주는 것을 느끼며 몰입했으니 난생처음으로 클래식의 위력을 체험한 셈이다. (다음해에도 빈에 갔는데 그때는 푸치니의 〈토스카〉와 베르디의 〈일 트로바토레〉 두 편을 보았다고 메모에 적혀 있다. 그런 일이 있었는지 너무 낯설어서 메모를 보고 당황할 지경이었는데 열심히 머리를 굴려보니 그때는 좌석에 앉아서 보았고, 작품 선정기준은 제목을 들어본 적이 있느냐는 것이었다.)

〈키스〉에서 뿜어져 나오는 금빛 아우라

다음 날에는 벨베데레 궁전에 갔다. 지금은 박물관으로
만 쓰이고 있고 클림트의 〈키스〉를 비롯해서 에곤 실레의
작품 등 수많은 명화를 보유하고 있는 곳이다. 근 일주일이
나 이슬비가 내리던 날씨가 딱 하루 맑았다. 먼지 한 톨 없
이 맑은 날, 위아래 두 동으로 이루어진 궁전과 그 사이 클
래식한 정원에서 크고 작은 분수가 물을 뿜어 올리는데 정
말이지 환상적으로 아 – 름 – 다 – 웠 – 다 –

벨베데레 궁전 안에서 결혼식을 허용하는 듯, 한 신랑 신
부 커플과 내내 동선이 같았다. 꽃이나 위스키병을 들고 따
라다니는 십여 명의 하객이 전부인 것을 보니, 말도 안 되게
거창하고 번거로운 우리네 결혼식이 떠올랐다. 어디에서나
결혼식 풍경은 예쁘고 흥겨운 것이라 그날 신부의 웨딩드레
스는 그림 같은 풍경을 화보로 완성시켜 주었다.

클림트의 〈키스〉는 겹겹이 꺾어져 들어가는 궁전의 내실
에 철통같은 경비 속에 가장 귀하게 모셔져 있었다. 길쭉하
니 제법 큰 그림에서 금빛 아우라가 뿜어져 나왔다. 너무 많
이 복제되어 식상할 정도인 그 〈키스〉가 아니라 처음 보는

그림같이 오롯했다. 우아한 벨베데레 궁전에 딱 어울리는 그림이었다. 원화의 위력을 느낄 수 있어서 감동이고, 〈키스〉 말고도 클림트의 다른 그림들이 충분히 좋아서 신이 났다.

비슷한 배치의 〈브리지〉도 소박하고 정감이 있었고, 내가 편애하는 풍경인 개양귀비 깔린 들판 그림도 아주 좋았다. 개성 만점인 에곤 실레의 그림은 물론이요, 따분하다고 생각해오던 리얼리즘 계열의 그림조차 말을 걸어온다. 책 읽는 소녀처럼 흔한 콘셉트의 그림인데도, 어쩌면 이토록 섬세하게 우윳빛깔 피부를 표현했을까 하며 마음이 열리는 것이다.

그렇게 빈은 나의 도시가 되었다. "음악의 수도(The capital of music)"라거나 "2000년 동안 국가를 넘어선 수도", "거대한 정신의 덩어리"라는 찬사를 듣는 빈을 조금이라도 맛볼 수 있어서 다행이다.

재일학자 서경식이 십 년 동안 잘츠부르크의 음악축제를 관람하며 문화적 향수와 일상의 호사를 누리는 것을 보았다. 여행을 가면 딸은 하나라도 더 보려고 강행군을 하고, 나는 마음에 드는 곳에 머물며 천천히 그곳의 분위기를 흡입하고 싶어하는데, 그런 내 스타일에 가장 잘 어울리는 곳이 빈이다. 언제고 다시 가고 싶은 곳 일 순위 빈.

참, 도나우강이 푸르더냐고? 2013년에 닷새 머물 때는 빈의 5월 날씨가 그런지 계속 흐리고 우중충한 가운데 내가 본 구간은 녹조현상이 심했다. 어릴 때 배운 가곡의 제목을 배반해서 서운했는데 다행히도 다음해 6월의 도나우강은 눈부시게 파랗고 아름다웠다. 주말이라 보트와 요트가 가득했고, 옛날에 시골에서 보던 시냇물처럼 말갛게 속이 비쳐 감탄했다. 그 강가에 자전거를 타고 와 수영 한 판 하고 일광욕을 하고 있는 동네 아저씨, 사춘기가 시작된 듯 우산 속에 새침하게 앉아 있는 소녀, 노출을 못 해서 안달 난 젊은 여성들의 모습 모두가 인상적이었다. 평화와 여유가 느리게 흘러가는 느낌.

세기말의 두 악동, 클림트와 에곤 실레

(빈 레오폴드 미술관)

빈의 레오폴드 미술관은 오스트리아 출신의 두 화가 클림트 (1862~1918)와 에곤 실레(1890~1918)에게 헌정된 미술관 같았다. 입구에 들어서자마자 높은 곳에 크게 걸린 두 사람의 초상화는 일단 멋있었고, 그다음에는 부러웠다. 누구에게나

유한한 인생, 나의 사후에 전 세계에서 모여든 사람들이 내 작품을 관람하고 이야깃거리로 삼는 일은 얼마나 대단한가.

클림트는 평생의 연인이었던 에밀리 플뢰게와 나란히 걸려 있고, 실레는 혼자 걸려 있다. 아무리 대단한 뮤즈라고 해도 화가와 동격으로 대우를 해준 것이 놀라워서 검색해보니, 흥미롭게도 클림트는 에밀리와 플라토닉한 관계였다고 한다. 모델과 동침하는 것이 기본이어서 무려 14명의 사생아를 낳았다는 클림트가 에밀리와는 사업 파트너요 여행동반자로 만족했다는 것이다. 그는 어디를 가든 에밀리에게 엽서를 보내 시시콜콜 근황을 알리곤 해서, 레오폴드에도 엽서 수십 장이 보존되어 있다.

선정적인 그림을 그리기로 유명한 에곤 실레도 아내의 초상화는 통념적으로 그렸다고 하니, 그 시대에는 보편적으로 그랬는지 아니면 두 사람이 유독 성과 여자에 대해 이분법적인 사고를 했는지 모르겠다. 그들은 둘 다 아카데미 예술에 반하여 태동한 분리파와 아르누보(Art Nouveau, 새로운 미술)의 핵심이었다. 클림트는 선정적이라는 이유로 주문 제작한 벽화를 거부당한 적이 있고, 실레는 모델들과의 음탕한 관계로 해서 동네 사람들의 질타를 받다 못해, 한 모델의 고발로 철창신세를 진 적도 있다. 클림트가 실레의 스승이었다.

레오폴드에 클림트의 그림이 많지는 않다. 〈키스〉와 〈유디트〉 같은 대표작은 벨베데레 궁전에서 최고의 대우를 받고 있다. 그래도 클림트를 진짜 만난 것은 이곳 레오폴드에서이다. 〈장미가 있는 과수원〉같이 잔잔한 소품도 맘에 꼭 들었고, 개인 소장이라며 비디오 화면으로 소개된 작품에서도 감탄이 터져 나왔다. 제목은 메모를 안 했지만 클림트의 주요 기법인 모자이크 방식으로 수면의 일렁임과 풀잎의 정교함을 표현한 그림이 하도 영롱해서 오래 들여다봤다. 비사실적으로 그렸는데 사실적인 그림보다 더 리얼해서, 결과적으로 클림트만의 화풍을 확립한 것에 매료되어, 클림트가 정말 잘 그리는 화가인 것을 알게 되었다.

〈다나에〉도 순정하고 풋풋한 관능미를 잘 드러내주고 있어서 황홀하리만치 아름다웠다. 이 작품은 전시공간에는 없고 기념품 가게에 걸린 복제품으로 만났는데도 그 감동이 줄어들지 않았다. 꿈꾸는 듯 몽환적인 소녀의 표정과 물결치는 머리, 튼실한 허벅지, 사실적으로 표현된 망사 커튼 모두 대단해서 클림트가 〈키스〉만의 화가가 아니라는 것을 알게 되었다.

에곤 실레의 그림은 전시실 두 개를 채울 정도로 많았다. 화집을 통해 익숙한 자화상들, 이상하게도 그가 그리면 모든 것이 음습한 에로티시즘을 유발하는 〈엄마와 딸〉, 당연히 도발적인 〈교황과 수녀〉 같은 작품을 보았다.

나는 실레를 싫어하는 편은 아니지만, 지나치게 심리적이고 노골적이어서 조금 불편하다. 그의 작품은 말을 건다. 그리고 수치심을 불러일으킨다. 〈러브메이킹〉만 해도 은밀한 행위를 하던 사람들이 이쪽을 바라본다는 것은 그들의 침실이 공개되었다는 것 아닌가.

진품이라고는 해도 대부분 크기가 작고 삽화 스타일이라, 화집을 보는 것 이상의 감동을 받지는 못하던 차에 한 점의 드로잉에서 숨이 멎었다. 청순한 얼굴이 무언가를 갈구하고 있고, 팔다리도 없는 육체는 한없이 위험했다. 먹으로 몇 번 슥슥 오간 것만으로 숨 막히는 분위기를 만들어낼 수 있다니 그가 천재 아니면 무엇이려나. 나는 단순한 선 몇 개가 빚어내는 에로티시즘이 놀랍고 부끄러워 몇 번씩 시선을 피했다가 다시 돌아보곤 했다.

우연히 본 현대무용극은 하필 클림트와 실레에 대한 이야기였다. 무대장식이 실레의 그림으로 이루어졌고, 동성애를 포함한 성행위 묘사며 파티 장면, 그림을 그리는 장면들이 이어졌다. 그 연극은 여러 분야에서 두 화가에 대한 재해석이 이루어지고 있음을 보여주고 있었다. 한 사람은 화려한 관능미로, 다른 사람은 음습한 자의식과 더불어 표현한 성애가 하나의 장르가 되었기 때문이다. 실레 이전에는 모든 누드모델이 비너스 형태로 누워 있었다고 한다. 실레가 처음으로 모델을 일으켜 세움으로써 화가의 시선을 피할 수 있는 자유의지를 부여했다는 것이다. 이처럼 갖은 해석과 비평은 후대인의 일이요, 그 두 사람은 그저 자신의 관심사를 좇아 표현하고 또 표현한 것에 불과했을지도 모른다.

클림트, 이 허름하게 생긴 사내는 수많은 기념품을 통해 자손들을 먹여 살리고 있다. 세련되고 화려한 화풍으로 보아 오래도록 대중적 인기를 누릴 것이다. 이쯤 되면 땅속에 누워 있어도 외롭지 않겠다.

실레는 스승 클림트의 죽은 모습을 그렸다. 스페인 독감으로 죽어가는 아내를 그린 지 불과 사흘 후 자신도 같은 병으로 사망했다. 이 사실만 보아도 그에게는 그림이 모든 것을 뛰어넘는 존재론적인 행위였을 것이다. 그는 누구보다 심리적인 그림을 그렸으므로, 오랫동안 연구대상이 될 것이다.

"나는 생을 사랑한다. 나는 모든 살아 있는 존재의 심층으로 가라앉기를 원한다." — 에곤 실레

가끔은 연인처럼 달콤하게

태국 산골에서 현빈 드라마 보기

2018년 연말에 태국 제2의 도시이자 '예술가들의 도시'로 불리는 치앙마이로 여행 갔을 때 우리 모녀는 현빈이 나오는 드라마 〈알함브라궁전의 추억〉 왕팬이었다. 배우로서의 기량과 열정에 물이 오른 현빈을 보는 것은 즐거운 일이다. 처연함과 능글맞음과 치열함을 오가는 그의 표정은 보는 사람을 빨려들게 만든다.

나와 다른 인간이 되어 다른 인생을 살아볼 수 있다는 점에서 배우라는 직업은 흥미롭다. 연예인의 특성상 사생활은 축소되기 쉬운데 반대로 영화에서는 막강한 스토리와 인력과 자본이 주인공을 중심으로 움직인다. 이럴 때 가상현실이 더 현실 같지 않을까? 잠시나마 다중인격을 체험할 기회가 있다는 점에서 나는 배우라는 직업에 흥미를 느끼곤 하는데….

어쨌든 나의 원픽인 현빈의 드라마를 태국 산골에서 본다는 것이 간질간질하게 재미있다. 게다가 게임과 현실이 뒤섞인 스토리도 꽤 흡입력이 있다. 그동안 게임마니아를 볼 때마다 위화감을 느끼곤 했다. 내가 조금도 알지 못하는 게임 같은 것으로 세상이 뒤덮인다면 얼마나 무서울까 뜬금없는 생각을 한 적도 있는데, 이 드라마는 바로 거기에서 시작한다. '증강현실'이라고 한다던데 내가 있는 장소에서 무기를 취하고 현실 위에 이미지를 더하는 방식이나, 레벨이니 아이템같이 생소한 용어가 생각보다 재미있다. 죽은 인물이라도 게임 캐릭터로서의 위상이 있으므로 끝없이 부활하여 아무 때나 나타난다는 허무맹랑한 드라마에 이렇게 몰입할 수 있다니! 나중에 CG로 그려 넣었지 연기할 때는 아무런 무기도 (가끔은) 상대도 없이 '쌩쇼'를 한 배우들을 생각하며 감탄하면서 본다.

치앙마이에서 한참 더 들어간 매홍쏜은 명상도시처럼 정

갈했고, 사람들은 순하고 시간은 더디 흐르고, 살아남기 위해 과도하게 날을 세우지 않아도 되는 꿈결 같은 곳이라 대한민국과 다른 세상에 도달한 기분이 들었다.

매홍쏜 주변에는 자연과 야시장밖에 없어서 우리는 한껏 늘어진 나날을 보내고 있었다. 어찌나 별일이 없는지 현빈 드라마가 제일 큰 이벤트라 알람으로 지정해놓고, 알람의 지시에 맞춰 핸드폰을 세팅하다가 실소한다. 화면은 작아졌어도 재미는 더하다. 오래된 게스트하우스에서 담요를 둘둘 말아 높이를 맞춰 핸드폰으로 드라마에 집중하는 우리가, 대한민국과 다른 세상에서 또 다른 세상으로 들어가는 것처럼 신기하다.

드라마를 보는 시간이 왜 그리 좋았던지, 서울에서 비행기로 7시간쯤 되는 곳에서 핸드폰으로 드라마를 보며, 서울에 있는 나를 멀리서 지켜보는 기분이 들 때 일상의 권태가 사라지고 기분이 고슬고슬 말려진다. 주거지와 여행지, 가상현실을 넘나들며 몇 겹의 세상을 느낄 때 시간이 촘촘해지고 나는 확장된다. 여행은 아무렇지도 않은 일상이 가장 소중한 순간이라는 것을 일깨워주는 마법이다.

휘영청 달 밝은 불가리아의 밤

불가리아는 꼭 동남아 같았다. 허름한 시멘트 건물 일색에 이렇다 할 유적지도 없다. 유럽의 트레이드마크인 노천카페나 오래된 석조건물, 새파란 하늘에 피어나는 짱짱한 구름 그 어느 것도 없다. 어쩌면 잔디나 구름도 그렇게 다른지, 색깔은 흐릿하고 모양은 빠진다. 심지어 갈매기까지 그악스러워서, 여기 갈매기는 우아하게 창공을 선회하는 게 아니라 몰려다니며 꿱꿱거리고, 공원의 쓰레기통까지 뒤진다. 까마귀나 거위나 개구리처럼 시끄럽기도 하다. 우리가 있는 곳은 불가리아 제3의 도시 '바르나'이지만 수도인 '소피아'가 여기보다 초라하다는 블로그도 보았으니 큰 차이는 안 날 것이다.

딸이 이곳에서 카이트서핑을 배우려고 왔는데, 연락을 늦게 받는 바람에 결렬되었다. 이맘때는 바람이 안 맞아서 좀 더 남쪽으로 간단다. 우리는 이미 8박이나 숙소 예약을 한 터, 볼 것은 없지 정은 안 가지 하도 투덜댔더니 딸이 그만 좀 미워하란다.

시간 난 김에 자전거도 타고, 캐리어도 사고, 그럭저럭 닷새가 지났는데 중요한 문제가 터졌다. 딸이 이동하는 데 지쳤는지 불가리아 이후의 일정을 가까운 곳에서 때우고 싶어 하는 것. 더 이상 비행기를 타기 싫단다. 2014년 3개월 예정으로 동유럽을 돌던 때였다. 나는 따라다니기만 하면 되지만, 일일이 교통편과 숙소 예약하랴 나 인솔하랴 딸이 지칠 만도 했다.

그래도 나는 가고 싶은 곳이 너무 많았다. 풍요로운 유적과 자연과 풍물을 지닌 이탈리아를 구석구석 누비고 싶고, 그게 어려우면 다시 런던으로 유턴해도 좋을 듯 싶었다. 궁리 끝에 베네치아가 떠올랐다. 베네치아, 경이로움과 탐미와 환상의 절정! 세계인의 소풍지! 산마르코광장 앞 해안으로 다가오던 거대한 크루즈의 모습이 눈에 선하다. 해안에 가득 찬 사람들과 크루즈 갑판을 새카맣게 채운 승객들이 서로 손을 흔들던 장면은 내 인생에 가장 환상적인 순간으로 각인되었다. 세상에 이런 곳이 있고, 삶에 이런 순간이 있을 수 있구나! 다시 베네치아에 갈 수 있다는 생각만으로도 가슴이 설레었다.

그러나 딸은 영 탐탁지 않아 보였다. 남은 기간을 둘로 나누어 각자 가고 싶은 곳을 하나씩 정하자는 내 논리에 무리가 없으니 대놓고 반박도 못 하고 끙끙 앓는 눈치였다. 그렇게 은근한 긴장이 흐르기를 며칠, 내 마음이 어떻게 돌아

섰더라? 가보지 않은 곳을 뚫어도 나쁘지 않으리라 싶고, 그동안 딸이 애쓴 것 생각해서 한 수 접어주고 싶기도 한 거기 어디였을 것이다. 그러다 결국 내 입에서 베네치아 안 가도 돼, 하는 말이 떨어지기가 무섭게 딸이 호들갑을 떤다. 그동안 신경 좀 썼다는 얘기다. 입이 찢어지게 웃으며 좋아하더니, 베네치아 안 가는 선물로 마사지를 해주겠다며 냉큼 내 등으로 간다.

당최 젊은 애답지 않게 매서운 데가 있는 딸은 악력도 세서 마사지를 곧잘 한다. 산악자전거 타다가 허리를 삐끗해서 카이로프랙틱을 받으러 다니더니 요령을 익힌 것이다. 전에도 내 어깨가 뭉쳤다고 간간이 마시지를 해주고 나면 제법 부드러워진 기분이 들곤 했는데, 이번에는 제대로 풀서비스다. 목이며 어깨, 양팔의 압통점(통증을 유발하는 포인트)을 찾아 자극을 주면서 풀어주는 방식이니, 내 입에서는 아이구 아파! 소리가 멈출 새가 없다. 손아귀 힘도 장난이 아닌데 팔꿈치까지 이용해서 압통점을 비비고 눌러대니, 어구구구! 비명소리가 고문이나 구타의 형국과 다름이 없다.

"베네치아 안 간다고 말해! 비행기 안 탄다고 말해!"

힘도 안 드는지 연신 손을 움직이면서 입으로 장난을 치는 딸이 놀랍고 웃겨서, 나도 맞장구를 친다.

"베네치아 안 갈게요. 비행기 안 탈게요!"

창밖으로 휘영청 달이 밝은데 그렇게 한참을 놓았다. 나는 엎드린 채로 시술(?)을 받는 것도 힘이 드는데 딸은 지치지도 않고 몇 바퀴나 압통점을 돌고 또 돈다. 도대체 얘는 어느 별에서 왔을까? 내가 한 가지를 볼 때 딸은 서너 가지 이상을 본다. 걱정도 많고 궁리도 많은데, 경제관념은 또 얼마나 철저한지 내 돈 아니었으면 서러움깨나 받았을 것이다. 내가 사소한 장면에 감탄하며 행복감에 젖어 있을 때, 걱정으로 무장한 딸의 모습이 안쓰러울 때도 있지만 오늘은 그저 놀랍기만 하다. 마음이나 의지, 처세, 경제관념, 심지어 체격까지 어느 것 하나 절도가 없고 물러터진 내가 민망해지는데, 딸이 등에서 내려오며 한마디한다. 어지간히 좋았던 모양이다.

"베네치아 안 가면 날마다 싸~ 비스 해줄게."

아일랜드 '이니스모어'에서 다정한 자전거를

아일랜드에 대해서는 음악영화 〈원스〉가 더블린을 배경으로 했다는 것밖에 모르고 있으니, 한 번 갔다 왔다고 해도 달라질 게 없다. 제임스 조이스의 동상이 지키고 있는 더블린 시가는 우리나라 중소도시처럼 조촐해서 정다웠는데 (2014년) 한인 마켓의 라면이며 고추장 가격이 국내와 비슷해서 많이 놀랐다. 고추장 두 봉지와 라면 열 봉지나마 끌고 가느라 애를 썼는데…. 현미와 찹쌀은 중국산인지 북한산인지, 우리나라에서 포장한 솜씨는 아닌 것 같은데 버젓이 한글을 붙이고 진열되어 있고.

더블린 시티갤러리는 더블린의 분위기에 맞게 외관은 평범한데 내부가 너무 섬세하고 사랑스러워서 입이 벌어졌다. 크지 않은 방이 중첩되는 미로 같은 동선이며, 방마다 벽난로가 있는 고즈넉함, 앉기가 황송할 정도로 고급스러운 원목 의자에 미술관다운 차분함이 너무 좋았다. 좋아서 익숙해진 것인지 익숙해서 좋다고 느끼는 것인지, 아는 화가의 그림을 만나면 반가워서 눈앞이 환해졌다. 르누아르의 〈우산〉 속 여인과 아이의 얼굴이 빛나고, 작품의 기조를 이루는 푸른색이 수국처럼 은은해서 마냥 바라보고 있어도 좋았다. 딸도 그 그림이 그저 좋단다. 동물과 스포츠에는 천부적인 애정을 갖고 있지만, 미술에는 별로인 아이가 그런 말을 하니 신기하다. 미술관에서 나오기 전 다시 한번 보고 간다며 쪼르르 〈우산〉 앞으로 다가가는 딸을 보노라니, 무엇을 경험하느냐에 따라 사람이 얼마든지 달라질 수도 있겠다는 생각이 든다.

여행을 다니다 보면 배경지식이 부족해서 반드시 가고 싶은 곳도 별로 없고, 단편적인 검색에 따라 몇 군데 찍고 올 수밖에 없으니 그저 우연에 기대야 하지만, 우연의 손길도 만만치는 않다. 아일랜드 제3의 도시인 골웨이에서 갔던 이니스모어 섬에서 지고의 행복을 맛보게 될 줄이야….

이니스모어는 돌이 많은 섬이라 제주와 흡사하지만 더 야생적이라고 할까, 평원은 더 넓고 도로 폭은 좁아 다들 자전거를 타고 이동하는데 내가 자전거를 탈 줄 모르니 딸의 뒤에 타야 했다. 2인용 자전거도 있었는데 길이 너무 안 좋다 보니 그게 더 힘들지도 몰라 1인용으로 빌렸다.

덩치 큰 엄마를 뒤에 태우고 울퉁불퉁한 길을 가느라 용을 쓰는 딸에게는 미안하지만 뒤에 탔어도 처음 타보는 자전거가 꽤 재미있었다. 산책을 무척 좋아하는데 걸으면서 느끼는 바람과 달랐다. 걸을 때는 그저 바람이 분다고 느낀다면, 자전거를 타니 내가 바람을 가르고 나아가는 기분이 들었다. 대기를 온전히 느끼는 맛이 운전할 때와도 달랐다. 걷기보다 주도적이고 자동차보다 자연친화적인 자전거의 맛을 처음 알게 된 것이다.

조금이라도 오르막이면 재빠르게 내려주었다. 내리막에서는 신나게 타고 내려오는 동안 염소 떼가 길을 막고, 돌담너머에서 말이 쳐다보았다. 새파란 초원에 돌무더기와 어우러진 들꽃이 가득하고, 그 너머로 이어진 바다에서는 물범이헤엄치고, 여행자들은 인증샷을 찍기 위해 무서운 줄도 모르고 절벽 끝에 서 있었다. 수직으로 깎아지른 절벽 너머 거대하고 너른 바위가 모래사장처럼 펼쳐져 있었다. 어디에서도본 적이 없는 바위 해안이 그로테스크했다. 안 그래도 좋아하는 들꽃과 돌이 무궁무진해서 미소가 가실 줄을 몰랐다. 그런 풍경 속을 걸어도 좋았겠지만 자전거의 속도감이 마냥싱그러웠다. 운동이라고는 해본 적이 없어, 몸을 쓰는 놀이의 맛을 모르던 내가 자전거를 발견한 것이다. 그것도 딸의꽁무니에 탄 채로. 풍경도 완벽했지만 내가 이니스모어를 각별하게 기억하고 있다면 그건 순전히 자전거 덕분이다.

3주 뒤 불가리아 바르나에서는 2인용 자전거를 탔다. 불가리아가 우리네 지방 도시같이 익숙해서 서운하던 마음은바르나 해안공원 깊숙이 숨어 있는 도로에서 자전거를 타면서 풀어졌다. 바다를 내려다보며 부드러운 햇살과 살랑거리는 미풍을 온전히 누릴 수 있어서 다행이었다. 해안에는 식당이나 클럽을 이용하지 않으면 바다에 접근하기 어렵도록 흉물스러운 시멘트 건물이 가로막고 있어 울적하던 참이었다. 이건 자연과 시민에 대한 횡포라고 흥분하던 마음을 겨우 달랠 수 있었다.

둘이서 하나의 자전거를 움직이는 것이 그렇게 다정하고 든든할 수가 없었다. 호흡을 맞춰 밟아대는 페달이 하나의 심장을 공유하는 듯한 유대감을 주었다. 둘 다 무뚝뚝하여 간지러운 것 싫어하는 모녀에게는 아주 귀한 일체감이 낭랑한 웃음소리가 되어 공중으로 울려 퍼졌다. 그 뒤로는 혼자서 자전거를 탈 수 있게 되었다. 어디선가 2인용 자전거를 탈 기회가 또 있었는데 내가 혼자 타고 싶어서 2인용을 거절하자 딸이 흐뭇하게 웃었다.

내 스타일은 아니지만, 힐링

햇살왕국, 태국 매홍쏜

시내를 슬슬 산책하고 있는데 공항이 나타났으니 지역이 얼마나 작다는 얘기인가. 게다가 그 공항이라는 곳에 4차선 도로를 한 토막 내놓은 것처럼 작은 활주로밖에 없다. 그런데도 알록달록한 비행기는 가끔 소리도 없이 왔다 가니 궁금해서 미칠 지경이다. 아무리 작은 공항이라도 사무실 하나가 없단 말인가.

관제탑을 찾아 골목을 한참 걸어간다. 뜰이 있는 집에는 꽃나무가 무성하고, 마당이 없는 집에는 화분 몇 개라도 놓인 집들 사이에, 겉모습만 봐도 장인일 것 같은 할아버지가 재봉틀로 수선 일을 하고 있고, 식당이 몇 개 숨어 있다. 골목 끝에 공항 건물이 있다. 조촐한 건물이 활주로와 기역 자로 꺾여져 있어서 높은 전망대에서도 보이지 않았던 것이다.

관제탑을 찾아다니는 엉뚱한 일로 하루를 보내도 되는 것이 여행자의 일상이다. 여기는 태국의 매홍쏜. 치앙마이에서도 많이 떨어진 빠이에서 버스로 두 시간 반을 더 갔다. 미니버스를 타고 운무를 품고 있는 골짜기를 돌아 돌아 내리는 순간 빠이와 비교할 수 없이 청량한 공기가 몸을 감싼다. 버스터미널 주변에 이렇게 상점이 없는 곳도 없으리라. 한적한 시가지에 햇살만 고즈넉하다.

마을 복판에 작은 호수가 있다. 호수를 둘러싼 마을이 중심지요, 그 마을의 끝에 공항까지 있으니 아기자기하기가 소인국 수준인데, 나는 내 맘대로 이곳을 '햇살왕국'이라고 명명하고 싶다. 밝고 화창한 햇살이 주인이고 사람들은 있는 듯 없는 듯하다. 튀르키예 사람들은 리액션이 크다. 차를 권하기도 잘하고, 여행자에 대한 관심을 듬뿍 드러낸다. 캄보디아에서는 아이들이 집요하게 구걸을 하는 바람에 진저리가 처졌고, 베트남에서는 개발에 대한 활기로 시끌벅적했다면, 이곳은 도시 전체가 명상타운 같다. 장사꾼이든 택시 기사든 호객이 없고, 여행자에게도 특별한 관심을 보이지 않는다. 나중에 방콕과 파타야의 번잡함을 접했을 때 나는 매홍쏜을 떠올리며 태국이 그처럼 고즈넉한 면모를 갖고 있다는 것을 기억했다.

호수 주변에 '폴리스'라는 간판을 단 건물을 보고는 좋아서 싱글벙글 웃고 다닌다. 하얀 벽에 빨간 지붕의 앙증맞은 '폴리스'는 여행안내소라면 어울릴 분위기였다. 이런 곳에서는 당최 무슨 일을 할지, 다른 세상에 온 것이 분명하다. 전에 튀르키예의 오지에서 소방차가 와서 전봇대 높이 달린 화분에 물을 주는 것을 보았을 때와 같은 기분.

밤이면 호수 주변에서 야시장이 열리는데 야시장이 이렇게 조용한 데도 없을 것이다. 온갖 꼬치요리를 굽느라 연기가 피어나고, 동남아 특유의 직물로 만든 옷과 가방이 즐비한 것은 다른 곳과 같은데, 집에서 직접 준비해서 나온 듯한 음식이 많아서 정겹다. 흑미로 만든 찹쌀떡을 잘라 숯불에 구워 먹으면 구수하다. 태국에 넘치는 향신료 맛에 지칠 때 우리네 떡과 똑같아서 좋다. 빠이에서는 네모난 찹쌀떡이 규격화되어 공장식 느낌이 짙었다면, 여기서는 둥글고 두툼한 모양에서 풍기는 수제의 분위기가 미덥다. 바나나잎으로 재빠르게 배 모양을 만들어 구운 찰떡을 담고 꿀을 뿌려주는데 일회용 그릇으로 손색이 없다.

크리스마스이브를 기해 소수민족 학생들의 축제가 열렸다. 학교별로 부스를 마련해서 기념품을 팔더니 밤이 되자 장기자랑이 열렸다. 무거워 보일 정도로 터번을 휘감거나 목에 잔뜩 링을 낀 '롱넥족(카렌족)'이 단연 눈에 띈다. 어쩌다 TV에서 접하면 세상에서 제일 잔혹하고 어이없는 문화라고 분노하게 되던 풍습을 가진 소수민족이 눈앞에서 움직이니 신기하기 짝이 없다. 낮에는 어떻게든 사진 한 장 찍고 싶어 롱넥족 좌판에서 허브 연고를 겨우 하나 골라 샀는데 (어쩌면 그렇게 필요 없는 것만 파는지!), 정작 아이들과 지도교사는 사진을 찍으라고 천하태평이다. (지도교사는 목에 링을 끼지 않았다.)

장기자랑을 할 때도 제일 현대적이고 고혹적인 춤사위를 선보이는 통에 '롱넥' 풍습에 대해 생각이 바뀔 정도다. 문화는 문화다. 평생 한 번 부딪힐까 말까 한 여행자가 남의 풍습에 대해 왈가왈부할 필요가 없는 것이다. 만에 하나 비합리적인 풍습이라 해도, 저렇게 예쁘고 발랄한 아이들이 있는 부족이라면 스스로 고쳐 나가리라 믿고 싶을 정도로, 그렇게 아이들이 건강해 보였다.

호숫가 좋은 자리에 앉아 닭다리에 쏨땀(그린파파야샐러드)을 먹는다. 꽈광! 갑자기 대포 소리가 나더니 불꽃놀이가 시작된다. 사람들의 환호에도 아랑곳없이 불꽃놀이는 딱 다섯 번만 하고 멈춘다. 불꽃놀이가 지폐를 태우는 것과 다를 바 없다는데 짧고 강하게 축제 기분을 내면 됐지…. 이미 사랑에 빠진 여행자는 모든 것을 받아들인다. 대신 간간이 풍등이 날아오른다.

밤이 깊으니 사원의 불빛이 더욱 화려하게 빛난다. 호숫가 중심을 차지했으니 아마 이 절은 꽤 유명한 절일 것이다. 산 정상에 있는 사원에서도 불빛을 밝혀놓아서 하늘에 떠 있는 것 같다. 낮에는 마냥 깨끗한 햇살이 빛나고, 밤에는 야시장까지 조용한 마을에 오고 보니 없던 신심이 돋아난다. 땅과 하늘에서 나를 위해 불을 밝힌 누군가가 느껴져 마음이 차분해진다. 내가 혼자가 아니라고 조용히 북돋아주는 힘을 느낀다. 다시 한번 살아갈 힘이 조용히 충전된 것 같은 밤이다.

동화같이 작은 활주로에서 떠오른, 만화처럼 알록달록한 비행기는 타이의 '녹에어'라고 한다. '녹'의 의미가 '새'라는 것이 사랑스러워 나는 좋기만 하다.

알프스를 손톱만큼 맛보다, 독일 쾨니히제

시내버스를 타고 국경을 넘어간다. 집 모양도 비슷하고, 다들 맥주잔 하나씩 들고 앉은 것도 그렇고, 어디서부터가 독일인지 굳이 가릴 필요가 없다. 오스트리아 잘츠부르크에서 7시 방향으로 30분, 풍경이 점점 정교해지다가 드디어 탄성 한마디 나올 때, 거기가 베르히테스가덴이다. 4개 나라에 걸쳐 우람한 위용을 자랑하는 알프스 중에서 독일 바이에른 주에 해당한다 해서 바이에른알프스라 불리는 곳.

타운은 아주 작다. 기차역과 버스터미널, 커다란 마트가 두 개, 스포츠용품 가게가 하나, 숙박업소가 전부다. 흔한 관광지가 아니라 산속 마을에 온 듯, 수려한 산으로 둘러싸인 작은 마을에 절로 마음이 풀어진다. 베르히테스가덴은 전통복장으로 단장하고 나들이 가는 할머니 모습과 꼭 닮았다. 머리를 땋아서 이마 앞으로 한 바퀴 두르고, 볕에 타고 세월에 쪼그라든 팔뚝에 뽕소매 블라우스를 입은 자태가 고와서 카메라를 들이대니 흔쾌히 응해 주신다. 나이 드신 분들이 사진 찍히는 것 싫어하는데 할머니의 자연스러운 개방성이 좋다. 할머니! 저는 그런 블라우스 초등학교 6학년 때

입어본 게 전부예요!

베르히테스가덴에서 제일 유명한 쾨니히제, '왕의 호수'라는 뜻에 걸맞게 깎아지른 암벽의 호위를 받으며 길게 누운 위용이 대단하다. 바위 아니면 침엽수 단일 수종으로 이루어져 정갈하고 기품 있는 산에서 호수로 폭포가 떨어진다. 만년설이 마블링처럼 끼어 있는 바위산도 멋들어진데, 덕분에 멋진 에코를 들려주기도 한다. 중간에 배를 세운 선장이 트럼펫을 한 소절 불면 메아리가 똑같이 화답하고, 또한 소절 불면 어린 학생이 선생님의 연주를 따라하듯 정확하게 되돌아온다. 낭창낭창 흔들리는 청록의 수면 위에서 듣는 자연의 트럼펫 소리가 로렐라이의 노랫소리처럼 나를 빨아들인다. 선장은 이내 모자를 돌리며 팁을 유도해서 내 감동을 제 부업거리로 삼아버렸지만, 쾨니히제 최고의 뷰포인트인 성 바르톨로메 수도원을 지나 내린 선착장에서 이 메아리는 나를 제대로 사로잡았다.

아무리 봐도 여전히 눈길을 사로잡는, 바위산에 흩뿌리는 폭포 줄기 아래 초원에 소 열댓 마리가 있는데 워낭 소리 같은 것이 끝없이 계속되는 거다. 은쟁반에 옥구슬을 굴리는 것 같다는 고전적인 표현이 절로 생각나는 소리, 청아하고 영롱한 실로폰 소리 같은 것이 바람을 타고 흩어지는데 홀려 한참을 앉아 있었다. 이 소리가 정확하게 어떤 소리인지는 확인할 수 없었지만, 자연밖에 없는데, 바위산밖에 없는데, 워낭 소리가 계속 메아리치는 것이 아닐런지….

쾨니히제에서 돌아오는 유람선에서 소나기를 두 번이나 만났다. 해가 쨍 나는가 하더니 갑자기 수면을 세차게 두드리는 거센 빗줄기가 쏟아져 내렸다. 그 와중에 우비로 무장하고 카약을 타는 사람들도 있었지만 우리는 몇 번을 망설인 끝에 예너반으로 올라가는 케이블카를 탔다. 히틀러의 별장이 있는 캘슈타인하우스도 유명한데 그곳 대신 예너반을 택한 것.

편도 30분이니 케이블카치고는 꽤 오래 간다. 1874미터의 예너반에서 바라보는 주변 고봉이며 아래 트래킹 길의 풍경이 볼만하다. 그새 날씨는 개었지만 구름은 좀처럼 걷혀주지 않았다. 약이라도 올리듯이 감질나게 하나씩 봉우리의 자태를 엿보게 해준다. 하지만 태클이 없으면 무슨 재미랴. 한 치 앞이 안 보일 정도로 운무가 앞을 가려 내가 구름 속에 있구나 싶은 상태에서 벗어나 조금씩 봉우리가 보일 때마다 딸과 나는 환호했다. 옷을 완전히 벗은 것보다 벗기 직전의 여자가 섹시하다더니, 과연 운무 실크 옷이 슬쩍 흘러내리는 봉우리는 신비로웠다. 이제 근방에서 가장 높고 가장 멋진 위용을 자랑하는 바츠만산(2713미터)만 보면 된다. 쾨니히제의 성 바르톨로메 수도원에서 동쪽으로 쳐다보면, 거대한 암벽의 섬세한 뼈대마다 만년설을 새겨넣어 그중 아름다운 바로 그 산이다.

이십여 분 정상에서 보초를 섰을까, 내려가는 케이블카 시간 때문에 더 이상은 기다리지 못할 그 시점에 바츠만은 아주 조금 제 모습을 보여주었다. 운무가 걷히는가 하면 또다시 채워지는 바람에 한 번도 전모를 볼 수는 없었지만, 그렇기에 더욱 아름답게 상상 속에서 완성되는!

이만하면 됐다, 우리는 기꺼이 만족하며 산을 내려왔다. 내려오는 중에 트래킹 길이 촘촘히 연결되어 있고, 그 길을 걷는 사람들이 마음을 설레게 한다.

저녁에 예너반이 눈에 밟혀 동영상을 찾아보니 놀랍게도 겨울에는 이곳이 스키장으로 변모한단다. 케이블카에 스키를 매달고 올라가 그 경사 심한 곳을 스키로 내려오는 사람들! 지구 끝까지 개발되어 탐험할 곳이 없어진 시대에 스포츠가 인간의 탐험 욕구를 정례화한 것이로구나 하는 깨달음이 강하게 밀려온다. 축구도 안 보는 몸치로서는 대단한 발견이다.

다음 날에는 화창하게 날씨가 개어, 우리가 선택한 조촐하고 한적한 호수 힌터제와 아주 잘 어울렸다. 아주 오래전에는 이곳이 모두 바다였을지도 모르지. 산맥이 융기하며 골짜기마다 갇힌 바닷물은 기기묘묘한 모양의 호수가 되어 사람들을 끌어모은다.

유럽 대부분이 그랬지만 오스트리아와 독일의 접경지역인 이곳은 유독 편안하고 여유로워 보인다. 어릴 때부터 나를 표현하고 구현하는 데 익숙한 환경, 내가 그렇듯이 다른 사람에게도 위험요소가 없다고 판단하는 곳, 만에 하나 사고가 터진다면 공권력이 보호와 중재를 해주리라는 믿음이 있는 곳, 그리하여 공포와 불안과 적의 대신 자유롭고 여유로운 일상이 존재하는 곳.

숙소 주인아주머니도 딱 산골사람이다. 침실이 두 개인 아파트라 청소하기 싫으면 침실 하나는 잠가놓아도 상관없는데 그런 잔머리 대신 순한 웃음을 지녔다. 같이 버스를 기다리다가 버스가 오지 않자 남편에게 우리를 타운까지 데려다주라고 부탁하며 "잘츠부르크까지는 가지 마" 하고 웃는다. 사흘 만에 눈에 익은 산봉우리가 어느새 정답다.

저렴하게 인생을 즐기는 법

저가항공을 타다 생긴 일

딸은 가성비의 달인답게 꾸준히 저가항공을 선택했는데, 저가항공을 생각하면 지금도 어이가 없다. 제시간에 비행기가 아예 와 있지 않거나, 출발시간이 됐는데도 탑승 게이트를 열지 않는다. 얼마큼 늦느냐가 문제지 정시에 출발한 적이 없는데, 놀랍게도 50분 늦게 출발했다 해도 도착 예정시간에서는 20분만 늦는 식이 많았다. 늦은 김에 냅다 쏘는지 이쯤이면 하늘의 총알택시라고 불러야 할 듯. 50분이나 늦었으면서 기내 청소도 안 되어 있어 시트에는 과자 부스러기가 떨어져 있기 일쑤이고, 기내식은커녕 물 한 잔도 안 준다.

비행기가 출발하면 승무원들은 영업사원으로 돌변하여 음료와 샌드위치, 기념품을 파느라 정신이 없다. 저가항공이 출범한 초기에는 목적지에 도착하면 방송으로 요란스레 팡파르를 울리고 승객들은 환호성을 지르며 도착을 축하했다고 한다. 우리가 저가항공을 한창 이용하던 2014년경에는 가볍게 박수 소리가 일다가 사그라들곤 했다. 항공료가 싼 대신 기내에 갖고 들어갈 수 있는 짐이 야박해서, 짐을 줄이려고 옷을 있는 대로 껴입기도 하고, 공항에서 몇 번씩 짐을 꺼내 풀었다 쌌다를 반복해야 했다.

그날은 위즈에어를 타고 헝가리 부다페스트에서 불가리아 부르가스공항으로 가려는 참이었다. 전에는 멀쩡히 통과되던 딸의 배낭이 걸렸다. 부피는 통과인데 배낭의 프레임이 삐져나와 규격을 넘는다고 수하물비로 45유로를 내라니 제법 세다. 딸은 혼이 쏙 빠졌다. 돈에 대한 감각이 첨예하여 헛된 지출에는 경기를 일으키는데, 계획에 없던 수하물비는 딸을 거의 혼비백산하게 만들었다. 바짝 긴장해서 문제를 해결하려고 진땀 빼는 딸이 안쓰러워 나는 돈 내고 말자고 일찌감치 두 손 들었다. 내 말은 귓등으로도 안 듣고 한참 동안 노심초사하던 딸이 프레임 두 개를 쑥 빼서는 바지 안에 넣는다. 재심사 결과는? 통과!

"그 돈 아까워서 어떻게 쓸래? 액자에 넣어서 걸어 놓자!"

어쩌면 그렇게 꾀도 많고 집요한지, 나는 입이 쩍 벌어졌다. 너 그 놀라운 잔머리와 근성으로 애먼 나만 볶지 말고 사업을 해라. 돌발 상황에서 문제해결 잘하고, 은근히 즐기기도 하니 그게 다 사업가 기질이야. 내 단골 멘트가 이어진다. 딸은 사업 대신 익스트림스포츠를 선택했다.

슬로바키아공항에서 집시가 되어

몇 군데 돌아다녀 보니 인천공항처럼 크고 화려한 곳이 없다. 대부분 조촐하고 깨끗한 수준인데 슬로바키아공항도 딱 그랬다. 2014년 6월, 벽 하나를 차지한 유리창을 통해 비치는 구름이 마냥 싱그럽다. 전날 더블린공항에서 노숙을 했는데도 몸이 그 어느 때보다 가볍다. 새벽 6시 비행기라 4시까지는 나와야 하는데 몇 시간 자고 한밤중에 움직이느니 그냥 공항에서 밤을 지냈는데, 노숙이라고 해도 그렇게 험하진 않았다. 총 3번쯤 공항 노숙을 해보았나?

더블린공항은 특히 편한 것이, 넓은 2층 공간을 맥도날

드가 혼자 쓰고 있었는데 매장으로 관리하는 곳은 4분의 1 밖에 안 되고, 나머지는 여행자들 차지였다. 푹신한 장의자를 하나씩 차지하고 노트북을 켜니, 뭐 집에서 컴퓨터 좀 하다 소파에서 자는 것 같다. 환하게 불이 켜져 있고, 같은 선택을 한 여행자들이 주변에 잔뜩 있고…. 앞자리의 민머리 아저씨 인상이 험해서 조금 신경이 쓰였는데, 이분이 너무 부끄러워하면서 담배 한 대 피우고 올 테니 자리 좀 봐달라고 하는 게 아닌가. 수줍어하는 모습이 귀여울 정도라서 그래그래, 공연히 사람을 의심부터 하는 버릇을 내려놓자고 마음먹는다.

늦도록 검색하다가 두어 시간 눈을 붙였나, 피곤하니까 이번에는 비행기 안에서 푹 잠이 들었다. 2시간 45분이 눈 깜짝할 사이에 지나고 숙면을 하고 나니 몸이 가뿐하다. 공항 노숙이나 비행기 타는 일이 집 앞 편의점 가는 일처럼 익숙하고 쉬워진 것에 기분이 좋아졌다.

슬로바키아에서 3박을 한 뒤에 빈에서 10박을 할 예정인데 슬로바키아의 수도 브라티슬라바에서 오스트리아 수도 빈은 불과 버스로 한 시간, 세계에서 가장 가까운 수도라고 한다. 한 시간 만에 국경을 넘어가는 것도 재미있고, 지도 위에 낯선 이름으로 존재하던 나라들을 누비고 다니는 것에 깊은 만족감이 든다. 납작하던 지도가 돌연 부풀려지며 그 안에 사람들이 살아 움직이는 환상을 보듯 동화적인 상상력이 솟구친다. 늘 한탄하듯이 레퍼런스가 부족해서 낱낱이 찾아다니고 누리지는 못하지만, 그래도 이 순간을 맘껏 즐기리라 다짐한다.

공항을 통틀어 음식점이라곤 한 군데밖에 없다(입국장). 참, 유럽 조촐한 건 알아줘야 하는 것이 중세 때부터 계속되었다는 아일랜드 골웨이 주말마켓에 나온 상인이 십여 명이나 되려나? 액세서리와 목공예, 서툰 그림 등을 들고 나왔던데, 규모만 보면 경기도청 벚꽃길에 나온 노점상만도 못하더라.

아무튼 오늘의 요리가 5.7유로, 착한 가격이 마음에 드는데 세상에 물을 갖다 준다! 유럽의 식당에서 물 주는 곳은 처음이다. 물 인심이 넘치는 우리나라 생각해서 식당에서 물을 사 먹을 때 배알이 꼬였는데, 슬로바키아! 아무런 기대도 정보도 없이 들어온 것치고는 출발이 아주 좋다. 물 한 잔에 점수 팍팍 올라간다. 물 한 잔을 새롭게 볼 수 있고, 물 한 잔에 환호할 수 있는 것이 여행의 매력인가. (마찬가지로 유럽의 모든 공중화장실이 유료. 보통 1유로, 싼 곳은 20센트를 받는다! 화장실 인심만은 우리나라가 최고라고 단언할 수 있다.)

한쪽에 경비행기를 매달아놓은 감각도 좋다. 자유와 스타일의 완성이 경비행기 아닌가. 나는 돌아다니다가 잠시 쉬고 싶으면 바닥이라도 스스럼없이 앉는 편인데, 최근에만도 두 번이나 경비원에게 제지를 당한 적이 있다. 한번은 남대문시장 쇼핑몰 앞, 한번은 어느 도로변의 주차장 앞이었는데 두 군데 다 경비원이 와서는 이상해 보이니 일어나라는 것이다. 그러니 공항 복판에 철퍼덕 주저앉은 아기엄마가 예쁠 수밖에! 잠시 길가에 앉는 것도 이상하게 보는 분위기가 갑갑하던 차에, 공항 한구석에 자리를 차지하고 앉으니 내 집처럼 편하다.

숙소 체크인이 2시라 시간 좀 때우고 들어가려고 노트북이며 핸드폰 충전기를 늘어놓으니 한 살림이다. 간밤의 노숙에 이어 많은 것을 길 위에서 해결하는 기분이라 졸지에 집시라도 된 것 같다. 저 아기엄마는 곱상한 외모에 단정한 차림새라 집시 같아 보이진 않지만, 지나치게 소탈한 외모인 나는 자칫 부랑자로 오인받을 인상이지만 그래도 좋기만 하다.

안 그래도 물욕 없고, 체면치레 싫어하지만 여행을 다니면 진짜 바람의 딸이라도 된 양, 아무것에도 걸리지 않고, 아무것도 두려워하지 않으며, 천하를 주유할 수 있을 듯 싶다. 땅따먹기하듯 지도 위에 익숙한 곳이 늘어나는 것도 좋고. 여행을 계속하기 위해서라면 얼마든지 더 절약할 수 있을 것 같다. 저렴하게 인생을 즐기기! 또 하나의 인생 주제가 떠오르는 순간이다.

이렇게 편해도 되는 건가, 치앙마이 숙소에서

낚시의 묘미가 랜덤에 있단다. 물속에서 어떤 물고기가 나올지 모른다는 의외성? 낚시는 모르겠고 숙소여행의 재미도 랜덤에 있다. 물론 검색을 하고 간다고 해도, 가령 수영장이 있는 건 알고 가되 어떤 크기인지, 수영하고 싶은 마음이 드는 환경인지 검색으로는 알 수 없는 '리얼'을 확인하고, 만족과 실망의 미묘한 총합을 누리는 재미가 있다.

몇 번 말했듯이 딸은 검색의 달인이다. 검색 자체를 즐기기에 대충 하고 마는 법이 없다. 흡족할 때까지 끝까지 추적해서 골라놓으니 가성비가 좋을 수밖에. 너무 심혈을 기울이기에 옆에서 보기 미안해서 그만 좀 하라고 하면 자기는 그게 편하단다. 취미활동하는 중이라니 할 말이 없다. 공들여 결정한 숙소인 만큼 자신의 예상이 맞았는지, 유일한 고객인 내가 만족하는지에 촉을 세우는데, 성공률이 점점 높아지고 있다. 딸에게는 가성비가 최우선이지만 마음에 드는 포인트가 하나는 있어야 만족하는 내 취향을 알기에 아슬아슬한 타협선에서 고르고, 나는 나대로 딸의 수고를 감안하여 수용 폭이 커지고 있어서 서로에게 맞추는 기술이 향상된 것이다.

2018년 연말 태국 치앙마이에서는 그동안 쌓인 노하우가 만개하여 다양한 숙소를 맘껏 누리며 만족도가 최고였다. 17일간 이틀에 한 번꼴로 옮겨 다니며 총 아홉 곳에 머물렀는데 치앙마이 네 곳, 빠이 세 곳, 매홍쏜 두 곳의 숙소를 정리해보면, 표본치는 적지만 이맘때 치앙마이 부근 숙소에 대한 실재감을 가질 수 있으리라. 가정집, 게스트하우스, 방갈로, 호텔 등 다양한 형태에 묵었는데 하나같이 가격 대비 훌륭해서 우리나라의 미친 물가와 비교할 때 어안이 벙벙할 정도였다. 우리는 여행지에서 만나는 사람들과 어울리는 것을 즐기지 않고 조용히 풍경, 숙소, 음식을 누리는 편이라 숙소에 대한 만족감이 중요한데 치앙마이의 숙소는 사랑스러울 정도로 훌륭했다.

물가가 싸면 자유로워진다. 먹고살기 위해 매이는 시간

이 줄어들기 때문에 싼 물가는 자유와 동의어다. 여행을 가면 우리나라의 물가가 비정상을 넘어 '살인적인' 수준은 아닐까 객관화해서 보게 된다.

매홍쏜 외곽의 하루 12불짜리 숙소(Crossroads)가 너무 훌륭해서 장기 체류를 하고 싶었다. 오래된 건물이 평범한 듯 중후한데 두툼하고 짙은 색깔의 나무 바닥이 내 스타일이다. 침구는 검소한데 그 위에 타월로 백조를 만들어놓은 솜씨는 고급지다. 화장실을 갖춘 큼직한 방 한 칸이지만 창문이 크고, 뒤쪽으로 산이 보여 갑갑한 기미는 없다.

바나나와 차가 무료이고, 복도에 놓인 정수기용 유리컵을 일일이 비닐로 싸놓은 데서 놀라고 말았다. 이게 하루 12불짜리 숙소에서 가능한 일인가! 마당에 있는 식당도 허름하지만 관록이 엿보인다. 가족이 운영하는 듯 넉넉한 인상의 여성이 하는 요리는 기대 이상으로 맛있고, 영어 잘하는 여성의 응대는 깍듯하고, 노인들도 보인다. 과거의 영화를 보여주듯 고철로 변해가는 미니트럭이 세워진 마당의 야자수 그림자를 보며 앉아 있는데 어찌나 편안한지, 누구나 바쁘고 힘들지만 그렇다고 만족하는 사람은 드문 우리 사회가 안타까울 따름이었다.

하루 30불 내외의 호텔도 훌륭했다. 푸짐한 태국 요리와

빵, 샐러드, 고급 커피가 나오는 조식이 훌륭하고 서비스도 좋아서 시간은 널널하지만 주머니 사정은 빠듯한 배낭여행자에게 호텔놀이를 할 수 있게 해준다.

태국의 가정집을 개조한 게스트하우스에서 묵은 경험도 소중하다. 외국인 남성과 태국 여성이 운영하는 작은 집이었는데 방 세 개, 조촐한 마당에 커다란 우물이 남아있어 정겹다. 주인이 우리가 묵을 방에 키를 걸어놓아서 셀프 체크인 완료, 고양이 한 마리와 개 한 마리가 주인처럼 거실을 살펴보고 돌아가곤 한다. 빈집에 둘이 앉아 고양이와 놀다 보니 전혀 모르는 곳에서 이렇게 편안해도 되는 건가 싶어 어리둥절하도록 좋다. 나는 우물이 있는 풍경을 편애하는지라 두꺼운 철망이 덮인 우물 위로 빨간 부겐베리아가 늘어져 있고, 그 사이로 담 위에서 고양이가 그루밍하는 장면이 엿보이는 심상함은 우리가 드디어 일상여행자가 된 듯한 만족감을 주었다. 단돈 11불에 이국의 방 한 칸과 작은 마당을 독차지하고 내 집처럼 편안하게 쉬는 경험을 해본다면, 높은 물가에 소비가 천국인 사회 분위기를 절대적인 것으로 여기지는 않을 것 같다. 어떻게든 거기에 틈을 내고 숨을 쉴 방도를 찾지….

나는 곧 죽어도 낭만을 누릴 수 있는 수준을 찾는데 딸은 절약이 최우선인지라 전에는 반항도 해보았지만 갈수록 호흡이 맞는다. 빠이에서 묵은 두 개의 방갈로는 각각 14불과 28불로 두 배 차이였지만, 다른 것이라곤 잘 정돈된 잔디밭과 조금 더 크고 넓은 해먹뿐이었으니 그게 뭐 그리 중요하랴. 절약해서 한 번 더 여행을 가는 게 중요하지.

모녀는 딱 자기 같은 곳을
좋아한다

장엄하고 다양하고 넉넉하고 호쾌한 튀르키예

튀르키예에 네 번이나 갔지만 별로 아는 것이 없다. 그 정도로 튀르키예가 광활하고 복잡하고 다층적이라고 느낀다. 한반도의 3.5배 넓이에 8000만 인구라는 사실만으로도 가슴이 탁 트이는 기분. 나는 '금사빠' 자질이 다분한데 튀르키예는 비행기 창문으로 내려다본 야경만으로도 나를 사로잡았다. 이스탄불의 야경은 이스탄불이라는 지명에서 풍기는, 고색창연하고 몽환적인 아름다움에 값하고도 남았다.

"도시 전체가 거대한 크리스마스트리 같았다. 부드럽게 휘어진 해안선이 구슬 목걸이를 하고, 막대 모양의 등불로 구획을 지은 도로에는 수많은 개똥벌레가 빠르게 움직이고, 나머지 여백은 온통 황색, 은색, 녹색, 파란색의 전구로 수를 놓았다. 과도하게 화려하지 않고, 고만고만한 전구들이 낮은 자리에 촘촘하게 틀어박혀 빛나는 모습은 도로와 언덕과 골목을 모조리 반짝이는 보자기로 덮어버린 것처럼 세련되고 정교하여, 민주적이기까지 했다. 재력과 안목을 두루 갖춘 여인의 패물함이 쏟아졌달까, 졸부는 절대 흉내낼 수 없는 고아한 영롱함에, 하늘에서 내려다보는 자를 위한 조명쇼에 나는 탄성을 질렀다. 칠흑같이 어두운 배경 속에 돌연 나타난 불꽃도시가 어찌나 은은하고 화려하고 다정하게 신비로웠는지 '동서, 고금, 성속이 만나는 도시'로 일컬어지는 이스탄불의 첫인상으로 충분하다."

2012년 튀르키예에 대한 첫인상을 그렇게 써놓았네. 사교적이지 않은 우리 모녀로서는 드물게 팀을 모아서 갔던 곳도 튀르키예이다. 글쓰기 여행을 내걸고 팀을 모았는데 30대 부부와 중년 여성 두 분이 손을 들어주어서 여섯 명이 한 달 동안 튀르키예 여행을 했다. 내가 글쓰기 선생이고 딸이 실무자로서 주최 측인데 그다지 살갑게 일행을 챙겼다고는 말하지 못하겠다. 특히 나는 사람하고 사이에 무조건 거리를 두어야 편안한 성향이라 그렇지 않은 사람들은 의아하고 불편했을 수도 있겠다. 그래도 딸과 둘이 다니다가 여럿이 어울릴 때만 나올 수 있는 분위기를 누린 것은 아주 색다른 경험이었다.

여럿이 함께하는 여행의 색다른 맛

이스탄불에 도착해서 3층짜리 좁게 올라간 아파트를 통째로 빌렸다. 1층에 침실 하나와 샤워실, 2층에 부엌과 침실 하나, 3층에 침실 두 개로 이루어진 구조로 나는 딸과 함께 2층에 자리 잡았다.

여섯 명이 돌아가며 식사를 준비하니 그렇게 좋을 수가 없다. 집에서 가져온 밑반찬과 구수한 숭늉이 있는가 하면, 빵과 스크램블에그, 체리잼이 등장한다. 나는 월남쌈을 준비했다. 노력 대비 최고의 비주얼과 맛을 자랑하는지라 내가 사랑하는 월남쌈! 멤버 하나가 팩소주를 다섯 개 가져왔다.

맥주나 와인은 한 잔씩 해도 소주는 안 마시는데 마침 토닉워터가 있어 섞으니 멀끔한 칵테일이다. 순하고 부드러워 술술 넘어간다. 남편이 소주가 열 개는 되어야 하지 않느냐고 했는데 절반 딱 잘라 다섯 개만 가져왔다던데, 좀 아쉬웠다. 다른 멤버는 빈약한 그릇 몇 개를 다기처럼 다뤄가며 직접 말린 국화차를 만들어주는데 어찌나 은은하고 향기로운지 내가 가져간 티백 마시려면 하품 나오게 생겼다.

저마다 장에서 사 온 사과말랭이와 토마토 등으로 냉장고가 가득 찼다. 그러니 내가 산 한 가지만 먹는 것보다 얼마나 다채롭고 풍성한가! 남들은 이미 소싯적에 깨달은 것을 육십이 되어서야 깨닫는 재미도 나쁘지 않다.

매일 저녁 그날 사진 찍은 것을 놓고 감상을 나누고 글쓰기 수업도 했다. 카파도키아에서 점프샷을 찍고, 그리스로 가는 크루즈를 탄 것도 그때이다. 시데의 유명한 해변 신전에서 수업을 할 때는 벅찬 감회가 올라왔다. 다들 풍경에 정신이 팔려 수업은 뒷전이었지만 사람 자체를 좋아한다기보다 더불어 무엇을 하는 것에 대한 의미를 중시하는 나로서는 먼 곳까지 날아와 수업을 하는 것이 마냥 좋았다.

튀르키예에는 내 집에 온 손님을 정성을 다해 환대하는 문화가 있다. 그러다 보니 자연스럽게 차와 후식이 발달했다. 튀르키예 사람들이 공기 다음으로 많이 마시는 것 같은 차이. 노천카페와 시장 좌판에, 배를 타면 좁은 난간에, 손님을 기다리는 펜션 주인이 걸터앉은 문지방에, 온갖 곳에 차이가 있었다. 한번은 버스로 이동 중에 휴게소에 내렸는데 사람들이 일제히 차이에 각설탕을 넣고 휘젓는 따그락따그락 소리가 좋아서 웃음이 터졌다. 잘록하게 허리가 들어간 작은 컵에 담긴 은은한 위스키 색깔의 차이, 고향의 맛처럼 익숙하고 정다운 모양에 소리를 더하는 순간이다. 그많은 디저트카페에서 보는 후식도 마찬가지. 이스탄불에는두 집 걸러라고 해도 될 정도로 디저트카페가 많은데 수없이 많은 종류의 알록달록한 후식이 거리의 색깔을 만든다.그들은 다양한 후식을 통틀어 '딜라이트(delight)'라고 부른다. 지극한 기쁨. 이 말을 처음 들었을 때 내 마음에도 잔잔한 기쁨이 차올랐다.

글쓰기 여행이라는 지극한 기쁨

무조건 혼자가 싫은 사람도 있고, 훈수 두거나 수다 떠는걸 좋아하는 사람도 있고, 심지어 관계를 조종하거나 지배하려는 사람도 있겠지만 온전히 어울림을 좋아하는 사람은많지 않다. 나는 그런 자질을 갖고 태어나지는 못했지만, 그렇기에 글쓰기를 매개로 만난 사람들에게 더욱 책임감을 갖게 된다. 한 달이나 여행을 같이 다닌 사람들과 막역한 사이가 되지는 못했지만 함께한 장면을 가장 오래 기억하는 사람은 아마도 나일 것이다. 수시로 창틀에 새가 내려와 앉던 이스탄불의 첫 집이 그렇게 좋았던 이유는 우리 일행이 전세를 냈기 때문이다. 멀고 낯선 나라에 '우리'가 거점을 갖고 있다는 것이 든든하고 뿌듯하고 참신했다고 할까. 타고난 독립군 체질인 내가 글쓰기 여행을 몇 번 더 하고 싶어하는 이유이다. 글쓰기와 여행이야말로 내가 아는 지극한 기쁨(delight)이니 좋은 것 두 가지를 합해 놓으면 얼마나 더 좋으랴.

팀 여행을 다녀온 지 석 달 만에 모녀는 다시 튀르키예로 날아갔다. 이렇게 쓰고 보니 어떻게 그렇게 의기투합해서 돌아다녔는지 놀랍다. 새록새록 기억이 나는데도 정말 그런 일이 있었는지 아득하기만 하다. 2015년 시리아의 분위기가 흉흉했는데도 튀르키예 동부로 방향을 잡아 거의 조지아 접경지역까지 갔기에, 흔치 않은 여행지의 배경과 정말 그런 시절이 있었는지 비현실적인 느낌이 딱 어울린다.

아나톨리아! 남의 땅덩어리 이름에 가슴이 떨리다

튀르키예 식당에서는 빵이 공짜다! 우리네 식당에서 음식값에 밥값이 포함되어 있다고 생각하면 별일도 아니건만, 테이블마다 원통형으로 푸짐하게 쌓아놓은 바게트(튀르키예어로 에크멕)를 볼 때마다 나는 행복해졌다. '음식이 공짜'라는 현상은 문화적인 충격이었다. 대한민국을 점령한 물신주의에 찐 눈으로 볼 때 세상 어디에도 없는 파격이자 풍요이며, 이 땅의 사람들이 얼마나 넉넉한 성정을 가졌을지 짐작이 가는 일이었다. 알고 보니 튀르키예는 식량 자급이 가능한 나라 중 하나였다. (우리나라는 2021년 기준 식량자급률 40.5퍼센트, 산정 방식에 따라 수치의 차이가 있지만 경제협력개발기구 OECD 38개 국가 중 최하위인 것은 확실한 듯.)

동부에서 광활한 경작지를 확인했을 때 남다른 감회가 인 것도 그래서였다. 튀르키예의 저가항공 '페가수스' 편으로 이스탄불에서 시바스로 가는 중이었다. 꼬박 한 시간 동안 산악 구릉지대가 펼쳐지는데 실로 스펙터클했다. 나무라곤 한 그루도 없는 누런 땅이 높으면 산악이요, 낮으면 구릉이고, 골짜기가 모여드는 아늑한 곳에는 마을이 보이기도 했다. 아나톨리아! 남의 땅덩어리 이름에 가슴이 떨려왔다. 이런 대륙을 가진 민족과 그렇지 못한 민족 사이에 기질의 차이가 없다면 이상할 것이다.

목적지인 시바스에 가까워 오면서 구릉 위에 정교하게 나뉜 조각보도 볼만했다. 간혹 나무가 보일 뿐 여전히 초록색이 보이지 않는 것이 이상했는데, 내려서 보니 밀밭 같은

데 9월 초에 이미 다 벤 상태였다.

시바스에서 하루를 묵고 버스로 에르진잔으로 가는데 이번에는 눈앞에 똑같은 평원이 펼쳐진다. 하루 전에 창공에서 내려다본 길을 버스를 타고 눈높이를 맞추니 이 또한 감격스러웠다. 맞아, 맞아! 저렇게 정교한 물결무늬 산자락이 있었고, 이렇게 거친 구릉도 많았지. 간간이 보이던 마을은 이런 모습이었구면. 풍경이 3D로 보였다.

한 집당 산등성이 하나씩 경작하나 싶을 정도로 집이 드문드문 있었다. 튀르키예에서 왜 빵이 공짜인지를 알 것 같았다. 풍경 또한 에크멕만큼이나 풍성해서 나는 3시간 20분 동안 질리지도 않고 창밖을 바라보고 또 바라보았다. 운 좋게 앞 좌석에 앉은지라 우등버스의 커다란 통창으로 온갖 형태의 산과 언덕과 평원이 지나갔다. 산속에 있는 외딴집을 보면, 사방으로 수백 킬로미터가 밀밭인 곳에서 사는 삶은 어떤 것일지 섣불리 쓸쓸하다거나 고달프다고 말해선 안 될 것 같았다. 그렇게 살던 사람들이 평원에 한두 기의 묘로 남은 것을 보면 사는 게 뭘까 하는 생각에 기분이 가라앉았다.

우리는 튀르키예가 유프라테스강의 발원지라는 데 놀라 거기까지 갔다. 케말리에 카란륵 협곡의 뿌연 회백색 강줄기가 초라할 정도로 좁아서 당황스러웠지만 그 이름도 찬란한 유프라테스강이다. 강폭은 좁지만 튀르키예 동부에서 발원하여 이라크, 시리아로 흘러가 티그리스강과 합류하여 메소포타미아문명의 발원지가 되었으니, 끈질긴 생명의 강이라 하겠다. 주변에 오염 요인이라곤 없이 원시 자연뿐이니 물 색깔이 희뿌연 것은 아마 석회성분이 많은 탓인 것 같다.

기독교 신자는 아니지만 곳곳에서 성경에 나오는 지명을 만나는 것도 감격스러운 일이다. 원형극장과 목욕탕, 고급 주택가, 심지어 유곽 터까지 남아 있는 튀르키예 최대의 고대도시 에페스가 그렇고, 튀르키예의 최고봉 아라라트산(5185미터)이 구약성서에 나오는 '노아의 방주'가 도착한 곳이란다. 이만하면 태초의 땅 아닌가!

손님을 신이 내린 선물이라고 여기는 사람들

튀르키예는 이렇듯 장엄하고 다양하고 넉넉하고 호쾌했다. 다 있었다. 그러니 여한이 없을 때까지 이 세상을 맛보고 싶어 하는 내가 혹할 수밖에. 이렇게 중층적인 매력을 가진 곳이 쌀쌀맞다면 그림의 떡일 텐데(로마의 커피숍과 숙소에서 심하진 않아도 분명히 무시를 받았다) 손님을 신이 보내준 선물이라고 생각한다는 튀르키예 사람들답게 우리는 어디에서나 후한 대접을 받았다. 길을 물어보면 다른 사람에게 물어서라도 끝까지 데려다주었고, 모르는 사람인데도 차 한잔 하고 가라고 종종 붙들었다. 튀르키예 사람들은 야외에 놀러 나오면 숯불을 피워 닭고기를 굽고 그 불에 차이를 끓인다. 아시아지구 해안에서 어느 가족이 커다란 석쇠 가득 닭고기를 굽고 있는 것이 탐스러워 "와우!" 했더니 하나 먹겠느냐며 안주인이 권하는데 그냥 지나친 적이 있다. 그랬더니 이 분 보소, 우리가 한참을 걸어왔는데 꽤 멀리까지 넓적한 빵에 닭다리 하나를 얹어 들고 쫓아온 것이다. 그런 경험이 있기에 에르진잔의 어느 폭포(Girlevik)에서는 차이 한잔하라는 가족의 권유에 스스럼없이 앉을 수 있었다.

야산의 잡석과 덤불 속에서 여기저기 미니 폭포가 쏟아지고 있었다. 크로아티아의 비경 '플리트비체' 한 모퉁이에 불과한 규모지만 서늘한 기운이 뿜어져 나오는 하얀 포말은 감탄하기에 충분했다. 에크멕과 닭고기, 차이로 금방 테이블이 차려졌다. 우리도 버스 타기 전에 산 포도가 있어 꺼내놓는다. 그날 우리는 어디에서도 좀처럼 받기 어려운 환대를 받았으니…. 들고 있던 물병을 기울여 물을 마시면 플라스틱 컵이나마 내놓고, 휴지 한 장을 쓰고 나면 득달같이 휴지를 리필해 놓고, 급기야 물티슈가 나오고, 학교에서 영어를 배우는지 5학년쯤 되어 보이는 큰애는 열심히 머리를 굴려 영어 단어를 꺼내 놓는다. 집이 어디냐고 물으니 산 아래 마을을 가리킨다. 그러고는 자기 집에 가잔다.

가족 모임에 너무 오래 앉아 있는 것 같아 일어나며, 할머니와 살짝 껴안고 양볼을 맞대기까지 한다. 이 사람들은 정말이지 일순간에 무장해제를 시켜 버린다. 그러니 제주의 어느 해변에서 동네 사람들이 야유회를 나온 듯 커다란 천막을 치고 고기를 굽는 곳을 지나치며, 이런 말을 한 것은 진심이었다. 섭지코지 언덕을 내려가 말들이 풀을 뜯는 곳 옆이었고, 그날따라 딸과 나는 몹시 배가 고팠다.

"튀르키예였으면 우리보고 먹고 가라고 붙들었을 텐데…."

가성비의 달인 딸의 최애 여행지는 베트남

딸은 여행 갈 때 작은 양파망을 가지고 간다. 호텔에서 쓰고 남은 작은 비누를 모아 빨래하면 딱 좋다고 한다. 물가 비싼 유럽여행을 어찌 다녔는지 모르겠다고 하더니 베트남을 최애 여행지로 낙점한 모양이다. 젊은 애가 너무 지독하니까 전에는 티격태격할 때도 있었지만 이제 나도 완연하게 적응

한 기분이 든다. 어느새 딸은 30대, 나는 60대로 진입하며 서로가 원하는 것을 맞춰주는 기술이 향상됐고, 나는 은퇴할 준비를 해야 하기 때문이다.

가성비의 달인 딸이 낙점한 베스트답게 베트남은 가성비 갑이다. 딸은 네 번째, 나는 세 번째 베트남에 갔을 때는 (2018년) 너무 익숙해서 설레지도 않았다. 한밤중에 4시간 40분 날아간 나짱에서 새벽에 쌀국수를 먹으러 나갔는데, 소고기 육수에 선지까지 들어간 쌀국수가 단돈 2000원, 디저트로는 100퍼센트 사탕수수 착즙이 500원이다. 집에서는 아직 일어나지도 않았을 시간에 두리안 향기 스치는 거리에서 원조 쌀국수를 먹다 보니 순간이동이라도 한 듯 즐거워지며 베트남이 가성비 최고임을 인정할 수밖에 없었다. 베트남은 생각보다 훨씬 풍요로운 나라이다. 모든 것이 싸고 풍요로워 마음이 돈짝만 해진다. 유명한 오토바이 행렬을 비롯해서 도약하려는 활기가 거리에서 느껴진다. 가장 쉽고 빠르게 여행이라는 마법을 가능하게 해주는 곳, 베트남.

노란 꽃에 반하다

2011년 설날에 베트남에 처음 갔는데 베트남의 명절도 우리와 같아서 온통 노란 꽃 천지였다. 명절에 제사상을 노란 꽃으로 장식하는 풍습이 있나 보다. 시장에서는 야채 옆 바구니에 담겨서, 오토바이 뒤에 탄 사람의 손에 어김없이, 주택가에서는 도로를 향해 내놓은 화분마다 범람하는 노란 꽃에 반하고 말았다. 꽃을 사랑하는 민족이 단박에 좋아져 서는 나도 노란 꽃다발을 사서 호텔에 들어갔더니 주인장이 반색을 하며 크게 웃던 기억이 난다. 전에 캄보디아에서 집 요하게 "원 달라!"를 외치는 아이들의 구걸행각에 진을 뺀 탓에 완연하게 점잖은 베트남 사람들에 대한 점수가 마구 올라갔다.

딸이 쌀국수 마니아라면 나는 반미가 제일 좋았다. 베트 남은 프랑스의 지배를 받은 탓에 바게트가 프랑스 못지않게 맛있다는데, 파삭한 바게트를 갈라 각종 고기와 야채를 넣 은 반미는 정말 맛있다. 2011년에는 바게트만 사면 100원, 반미는 500원에서 700원쯤 해서 그야말로 환상적인 물가였 는데, 요즘 물가는 어떤지 모르겠다.

딸이 모처럼 친구와 둘이 갔다 오더니 하롱베이보다 좋더 라며 나를 닌빈으로 데려갔는데 거기에서 베트남의 자연에 푹 빠졌다. 베트남 하면 먼저 떠오르는 하롱베이에는 가보지 않았지만 그보다 훨씬 다양한 곳을 보고 누렸으니, 베트남은 기다란 땅덩어리만큼이나 다채로운 매력을 가지고 있다. 북부의 사파와 닌빈이 자연의 보물창고라면, 중부의 달랏과 무이네는 고급 휴양지로 리조트면 리조트, 해양스포츠면 해양스포츠 어느 것 하나 꿀리지 않는다. 그러다 자연에 지치면 다낭과 나짱에 가면 된다. 거기는 또 프랑크푸르트에 지지 않는 고층빌딩이 무성해서 도시가 주는 혜택을 맘껏 누릴 수 있다. 이 모든 것을 그 어디보다 저렴하게 즐길 수 있다. 정확한 조사를 한 것은 아니지만 체감 물가가 우리의 30퍼센트 정도라고 느꼈다.

사파, 닌빈, 짱안

중국과 국경을 이루는 고산지대의 마을 '사파'에는 끝없이 이어지는 다랭이논이 전부인데 엄청난 관광타운이 조성되어 있다. 우리 남해에서 볼 수 있는 다랭이논을 수천 배 확대시켜 놓은 풍경이라 친근한데 거기를 감싸는 운무가 장관이다. 운무가 특산물이고 운무가 관광자원인 곳. 소수민족이 많이 활동하고 있다.

'닌빈'에는 수십 킬로에 걸쳐, 오랑우탄의 머리같이 울퉁불퉁한 돌산이 펼쳐진다. 동네 초입에는 맨땅에 솟구쳐 있어도 볼만했는데 점점 주변이 논이나 늪으로 변하더니 종국에는 호수가 되며 환상적인 데칼코마니를 보여준다. 우락

부락한 돌산 옆에 나무만 있든, 오두막까지 있든, 방갈로가 있든 물에 비치는 반영이 어찌나 아름다운지 예술작품이라도 접한 듯한 감동을 받았다. 흔한 꽃을 거대하게 그렸을 뿐인데 독보적인 분위기를 획득한 조지아 오키프의 그림을 보는 것 같았다.

우리는 호수의 끝에 대나무로 지은 방갈로에 묵었는데 여기가 하노이처럼 번잡한 지역과 같은 나라 맞나 싶을 정도로 한적하고 깔끔한 동네였다. 아저씨는 대나무 뿌리로 만든 담뱃대에 쌈지 담배를 피우고, 아가씨는 소를 몰고, 염소들은 주인도 없이 자기들끼리 몰려다니며 풀을 뜯는다. 퐁당 소리가 나서 고개를 들면 무슨 고기인지 꼬리만 보여주며 물을 차고 들어가 버리는 얕은 물을 삿대로 밀어가며 아주머니 둘이 대나무를 나른다.

닌빈 주에 속한 '짱안'은 또 얼마나 신비로웠던가! 거대한 석회암 절벽으로 둘러싸인 '홍강(Red River)' 삼각주라는데 배를 타고 주변 절경을 누리며 신비한 수상동굴을 3시간 동안 들락날락하는 관광상품이 인당 7500원(2016년)이니 베트남의 관광 저력이 엄청나다 하겠다. 물이 맑아서 얼마나 고마운지 몰랐다. 하노이와 호치민의 엄청난 오토바이 행렬은 놀라웠지만 매연이 심란했고, 무이네의 리조트에는 온통 외국인뿐 현지인이라곤 과일장수밖에 보지 못한 데 대한 안타까움을 보상받는 기분이었다. 수초가 비치는 비취색 물에 병풍을 두른 기암절벽을 보며, 시골 친척같이 친근한 베트남 사람들이 하늘이 내린 자연을 잘 보존하여 비상의 젖줄로 삼기를 나는 기도했다.

뱃사공을 모두 여성이 하고 있는 것이 특이했는데, 우리 뱃사공은 소녀 같은 인상이었다. 그날 소녀는 운이 좋았다. 배에는 여분의 노가 4개 있었는데 관광객에게 노 젓기 체험의 기회도 주지만 실은 뱃사공의 체력을 배려한 것이라는 짐작이 왔다. 다른 배에 탄 사람들은 뻣뻣이 앉아서 그냥 가던데, 함께 탄 독일인 커플과 우리 모녀는 구령에 맞춰가며 신나게 노를 저었다. 우리 배는 쑥쑥 앞선 배를 추월하며 신나게 미끄러졌다. 소녀의 노를 곁눈질로 보며 정확하게 박자를 맞췄을 때, 마치 소녀의 마음과 내 마음이 겹쳐지는 것 같은 따스한 기분이 들었다.

문제는 그다음에 일어났다. 배에서 내리며 무심히 건넨 팁 10000동이 우리 돈으로 불과 500원이라는 데 내 마음이 불편해진 것이다. 큰 지폐밖에 없었고 독일 여성도 10000동을 주기에 그리 했다며, 검색해 보니 보트 하나에 팁 20000

동이면 정상 수준이라고 딸이 나를 달래주었으나, 나는 겨우 팁 500원을 건넨 것이 민망해서 견딜 수가 없었다. 그녀가 내내 보여준 싹싹하고 정겨운 태도가 성격이기도 하지만, 팁에도 원인이 있었을 거라고 생각하니 그냥 넘어가면 두고두고 불편할 것 같았다. 딸의 눈치를 보며 종용하니 다행히 오토바이 운전을 해준다.

다음 날 다시 보트 선착장으로 가서 창구에 사진을 보여주니 연락을 받은 그녀가 달려왔다. 다행히도 노를 젓고 있는 중이 아니었던 모양이다. 그녀는 무슨 일인가 하는 의아심을 넘어 거의 공포에 질린 모습을 하고 있어 딴사람 같았다. 다짜고짜 40000동(2000원)을 쥐여줘도 표정을 풀지 않더니, 핸드폰에 저장한 제 사진을 보여주며 이리저리 묻고 다녔다는 시늉을 하자 비로소 활짝 웃는다. "감사합니다!" 소녀같이 해맑은 전날의 목소리를 내며 내 손을 잡으면서 고마워한다. 우리는 환하게 웃으며 손을 흔들며 헤어졌다. 그날 소녀를 다시 만날 수 있어서 정말 다행이다.

무슨 타이타닉이라고

시간이 좀 흘렀지만 간간이 언급한 물가만 보아도 베트남 여행이 얼마나 환상적인지 느꼈을 것이다. 이렇게 물가

가 싼 데서 더 절약하는 사람이 우리 따님이다. ^^

베트남에는 특이하게 침대버스가 있어서 이동시간과 숙박비를 절약할 수 있는데 우리 같은 배낭여행자에게 딱 좋다. 버스에 3줄씩 2층으로 침대가 놓여 있다. 앞사람의 등이 올라가고 거기로 내 발을 뻗을 수 있는 구조라 꽤 많은 침대가 놓여 있는 데다 1층 통로에는 좌석을 구하지 못한 사람들이 담요를 깔고 누워 있다. 뭐랄까, 여행체험을 넘어 삶의 끝을 엿보는 기분이었다.

물론 손 빠르고 생각 깊은 따님은 2층 좌석을 구했다. 휴게소에 들르려고 잠깐 나갈 때면 1층으로 내려가 슬쩍 몸을 비켜주는 사람들을 헤쳐서 지날 때 절로 한숨이 나왔는데, 산다는 것의 절박함이랄지 극한상황을 느껴본 것이다. 그럼에도 눈을 붙이다 잠깐 깼을 때, 실내도 깜깜하고 바깥도 칠흑같이 어두운데 수많은 사람이 운전자와 보조운전자 두 사람을 믿고 자고 있는 광경은 묘한 감동이었다. 2016년 하노이에서 사파 포함 두 번 타보았는데 그때만 해도 50대였고, 살면서 경험이 전부라고 생각하는 나에게는 모두 추억이 된 광경이다.

거기에 비하면 닌빈에서 다낭까지 15시간 야간열차는 영화에서나 보던 이색 문화 체험이었다. 양쪽 벽에 이층침대가 붙어 있어 한 공간에서 밤을 보내야 하는데 어떤 사람들이 들어올까 하는 것이 제일 큰 걱정이었다. 다행히 남아공에서 온 커플이라 걱정이 일순에 해결되었다. 남자는 순하고 여자는 발랄하여 아주 편안했다. 내가 고등학교 시절에 접한 영어 속담 "용기 있는 자가 미녀를 얻는다The brave get the beauty"라는 말이 떠올라 말을 붙였을 때 남자가 척하니 받아주어서 신기했다. 작은 일이지만 순간적으로 업되는 기분, 흠흠. 이런 게 대화의 맛이겠구먼. 여자를 바라보며 "You are so beautiful!" 하고는 남자를 바라보며 "You must be"까지 했을 때 남자가 "brave"라고 받아친 것이다.

그 기차에는 타이타닉을 떠올리게 할 정도로 엄격한 공간 분리가 되어 있어서 사람들과 소통하는 데는 서툴지만 문화의 속살을 느끼고 싶어하는 내게 커다란 감상을 안겨주었다. 우리가 탄 4인용 침대칸을 지나니 복도부터 허름해지는 6인용 침대칸이 있고, 우리나라에서 흔히 볼 수 있는 의자 칸을 지나니, 딱딱한 나무의자 칸이 나왔다. 나무의자 칸의 창문은 철망으로 되어 있어 무임승차를 막고 있고, 천장에 닥지닥지 붙은 선풍기가 에어컨이 없음을 알려준다. 나무의자 칸에서 남루한 일가족이 옥수수를 먹고 있고, 어린아이는 의자 밑바닥에서 자고 있는데 고흐의 〈감자 먹는 사람들〉을 능가하는 페이소스가 느껴져 순간 사진을 찍고 싶다는 열망에 가슴이 떨렸다. 4인용 침대칸이 3만 원 정도 (2016년).

여행 오면 딸이 슈퍼 갑

딸이 오토바이를 빌렸다. 1년 반 만의 오토바이 운전인데도 능숙하게 복잡한 도로를 뚫고 나가는 것을 보니 그저 놀랍다. 알다시피 베트남의 오토바이 행렬은 경이로울 지경이기 때문이다. 하노이 같은 대도시는 어땠는지 기억이 잘 안 나는데 나짱이나 달랏 같은 도시에는 신호등이라는 게 없다. 남녀노소가 몰고 다니는 오토바이와 차량이 한데 얽혀 흘러가는데, 특히 오토바이 행렬은 게임 화면에서 난무하는 병사들 같고, 불을 향해 뛰어드는 불나비 같다. 그렇게 많고, 빠르고, 어디로 튈지 방향을 알 수 없다.

나는 오토바이 행렬을 볼 때마다 게릴라 전법으로 첨단 무기를 무력화시켰다는 베트콩이 떠오른다. 혼잡한 로터리라도 돌라치면 딸이 바싹 긴장하는 것이 뒤에서도 느껴진다. 내가 할 수 있는 일은 육중한 덩치가 흔들리지 않도록 무게중심을 잡고 앉아 상체를 숙여서 조금이라도 저항을 줄여주는 일밖에 없다. 나는 아예 방향 감각 없고 계산발 안서는 사람이라는 인식이 있어서인지 조금만 나아진 티가 보여도 "명똑띠"나 "아이고, 우리 애기 그래쩌요"를 연발하며 내 엉덩이를 툭툭 치는 딸을 보노라면 인생의 한 페이지가 넘어가고 있음이 실감난다.

나를 아이 다루듯이 하는 딸을 보니 세월이 많이 흘렀고, 이만큼 살아온 것이 장하기만 하다. 딸이 어렸을 때 내가 엄청 거칠고 독단적인 때도 많았다고 한다. 딸이 아는 사람의 성격을 묘사하며 "젊었을 때 엄마 같아"라고 한 적도 있다. 어느 여고에 지망할지 최종결정을 하려고 딸이 전화를 걸었을 때, 내가 바쁘다며 "니 맘대로 해" 하고는 전화를 끊었다고 한다. 짜증은 또 얼마나 잦았을 것인가. 자칫했으면 나의 조심성 없는 언행이 딸에게 치명적인 응어리로 남기도 했을 텐데 이만큼 소통하는 모녀로 나이 들고 있음이 고마울 뿐이다.

달랏에서는 과일만 먹어도 남는 장사

호박 아니다. 제철인지 달랏 시장에 하도 많이 쌓여 있어서 호박인가 했는데 아보카도. 전에 일부러 사서 먹어보았을 때 느끼하고 밍밍해서 별 인상을 받지 못했다면, 여기에서는 느끼한 건 그대로인데 고소하다. 패션프루츠와 같이 먹으면 느끼함을 잡아주는 새콤달콤함에 궁합이 그만이다. 패션프루츠는 새콤달콤 상큼한 맛이 비타민C의 홍보대사 같은 맛. 그대로 잘라놓기만 해도 너무 예뻐서 언제고 핑거 푸드로 미니 파티를 할 때 곁들이고 싶은 비주얼이다. 딸 말이 요즘 국내에도 흔하다는데 나는 베트남에서 처음 먹어보았다.

비주얼로 따지면 용과(드래곤프루트)도 빼놓을 수 없다. 겉모습도 요란하지만 잘라놓은 단면도 인상적으로, 흰색이나 빨간색 바탕에 점점이 박힌 무늬가 예뻐서 플레이팅에 도움이 된다. 워낙 담백한 맛이라 다이어트에 좋을 듯.

악명 높은 두리안. 마트에서는 꽤 비싸고 노점에서는 킬로그램에 3000원 정도. 물고구마를 잔뜩 으깨서 두 배의 치즈를 섞고 '발꼬랑내'를 흡입하면 비슷한 맛이 되려나. ㅋㅋ 과일 먹고 콜라로 입가심해야 할 맛. 부드럽고 열량도 높아 보여 이유식 하면 좋겠다. 두리안과 비슷한데 껍질이 삐죽삐죽 튀어나오지 않고 매끄러운 것이 잭프루츠. 두리안도 그렇지만 잭프루츠도 과육에서는 나올 수 없는 식감을 지녔다. 먹을 수 있게 만든, 극도로 부드러운 플라스틱의 식감에 고소한 치즈 맛을 곁들여서 씹는 맛이 좋다. 앞니로 사그작 사그작 깎아먹으면 내가 동화 속 생쥐가 된 것처럼 재미있다.

슈가애플. 못난이 쿠키 같은 비주얼로 두툼한 껍질을 깎

아내면, 이것 또한 형용할 수 없는 맛을 선사한다. 맛을 표현하기 위해 천천히 세 개를 먹어본 결과, 퍼석거리는 풋사과에 설탕을 버무려놓은 맛이라는 결론. 국내에서 흔히 볼 수 있는 망고스틴하고도 비슷한 느낌인데, 강하게 자기를 주장하지 않는 아련한 맛이라 금방 먹고도 잊어버릴 판이다. 망고는 기본, 이름이 정다운 구아바, 이국의 느낌이 물씬 풍기는 타마린드…. 여기에 내가 접하지 못한 과일까지 포함하면 달랏에 과일만 먹으러 가도 되지 않을지?

달랏은 해발 1400~1500미터에 위치한 고원 도시이다. 연간 18~24도의 쾌적한 기온을 유지하며 수려한 산간 풍경을 지녀 프랑스 식민지 시대에 휴양지로 개발되었다고 한다. 과연 완벽한 코발트블루의 하늘을 이고 있는 서구풍의 집들은 어디 유럽 못지않게 아름답다.

35도를 육박하는 다른 도시에서 넘어왔으므로 우리에겐 너무 쾌적한 날씨였다. 해가 쨍하고 나오면 따끈하지만 바람이라도 불면 가슴속까지 시원하다. 그런 날씨에 놀랍게도 각종 털옷을 입고 있는 현지인이 꽤 많다. 털모자를 쓰고 포즈를 취하는 현지 관광객도 많다. 달랏보다 훨씬 더운 지방에서 놀러온 사람들은 이만한 서늘함도 춥게 느끼고 심지어 신기하게 여기는 것이 아닌가 추리해본다. 털모자가 대단한 체험이라도 되는 양 의기양양하게 사진을 찍고 있는 청소년 무리라니! 최저 온도가 18도 정도라면 우리 기준으로는 아예 겨울옷이 필요하지 않을 텐데 오버코트로 무장한 이들을 보니, 체감 온도조차 절대적인 기준이 아니라 지극히 상대적이라는 게 놀라웠다.

각자의 경험과 상황에 따라 모든 것이 변할 수 있다는 것은 내가 굳이 껴안고 살아야 할 것이 별로 없다는 관점에서 자유로움을 준다. 나는 우리나라의 출세지상주의나 금권만능주의가 늘 안타깝고 염려스러운데 그런 가치관이 결코 절대적이지 않다는 말이다. 다른 사고방식, 다른 라이프스타일은 언제나 가능한 거고, 그걸 강렬하게 집약해서 보여주는 것이 여행이다. 이렇게 과일로 시작해서 기온으로 넘어갔다가 삶의 방식으로까지 생각을 확장해주기에 나는 여행이 좋다.

즉흥 여행이 더 좋은 이유

"엄마, 뱀 털어", 대관령 목장

몇 바퀴나 두툼하게 똬리를 튼 것을 보니 꽤 긴 뱀이다. 놈은 계단에서 햇볕을 쬐고 있다가 인기척에 계단 아래로 미끄러지듯 사라진다. 대관령 삼양목장을 독차지하고 걷는 중이었다. 코로나 여파로 사람이 없어서 셔틀버스를 타고 정상까지 올라간 다음 걸어 내려오는 동안 딱 세 팀을 만났다(2020년). 평지에 있는 동물체험장에 이르자 어린아이가 있는 가족이 더러 보였고, 우리가 나올 때쯤 오후 1시에 있다는 양몰이 쇼를 볼 생각인지 사람이 가득 탄 셔틀버스가 몇 대 올라갔다.

양은 생각보다 많지 않아서 놀멍놀멍 2시간 30분간 내려오는 동안 두 군데서 볼 수 있었다. 대신 아득하게 이어진 능선이 장관이다. 10년 전에 왔을 때 갓 시판된 라면 팔던 것밖에 기억이 안 나고, 이렇게 좋았던가 6백만 평의 위용에 입이 벌어진다. 해발 1100미터 정상에 서서 셀 수 없이 겹쳐진 능선을 바라보니 요즘 쌓인 체증이 뻥 뚫린다. 알프스가 따로 없네!

워낙 넓다 보니 풍력발전기도 다른 곳과 비할 수 없이 많다. 이곳이 우리나라 최대의 풍력발전소라고 셔틀버스 기사가 알려준다. 발전기 하나에 32억인데 이번 여름 번개에 한 개가 망가졌단다. 보이는 것은 모조리 목초지인데 언덕마다 서 있는 51개의 풍력발전기가 이국적인 풍경을 완성해준다.

제주의 유명 오름보다 더 탁 트이고 정비가 잘 되어서, 우리나라에서 가장 알프스 같은 곳으로 꼽아도 될 듯하다. 정상 쪽으로는 계곡물이 철철 흐르는 산길이 좋았고, 중반에 이르면 목장길 산책에 흥이 난다. 게다가 독점이다. 딸과 나는 목책에 앉아 사진을 찍으며, 끝없는 구릉에 감탄해 가며, 원 없이 대관령의 정기를 흡수했다. 딸도 기분이 최고로 좋아서는 어록이 만발했다.

몽실몽실한 구름을 보고는 "양이 하늘에 있네."

캔디를 하나 건네주더니 내가 입맛에 맞지 않아 하자 "치약 먹는 것 같아?"

그날 어록의 백미는 이거였는데, 쓸까 말까. 중간에 화장실이 없어서 참다못한 내가 영역표시를 했을 때, 딸이 한 말이 압권이었다.

"엄마, 뱀 털어."

검불 털어도 아니고 먼지 털어도 아니고 뱀을 털라니!

방콕은 직무유기다, 옥정호

새벽 5시, 코앞에 있는 사람만 식별되는 어둠 속에서 핸드폰 손전등 기능이 큰 도움이 되었다. 당시 77세이던 엄마도 계신데 다행히 오르막이 심하지는 않았다. 잘 정비된 나무 계단을 20여 분 오르니 갑자기 천상에 도달한 기분이다. 희뿌옇게 점차 넓어지는 시야가 온통 구름바다였다. 병풍처럼 야트막한 산, 아니 이제는 구름바다에 떠 있는 섬이라고 불러야 할 것들이 삼중 사중으로 겹쳐 서 있는 틈새마다 운무가 가득 차 돌연 차원이 다른 세계에 들어선 것 같았다.

비행기를 타고 구름 위를 나는 것도 벅차긴 했다. 아무리

흐린 날에도 구름 위는 맑다더니, 눈을 가늘게 떠야 할 정도로 강렬한 직사광선을 받아 더욱 찬연하게 빛나는 뭉게구름은, 당장이라도 그 위로 신선이 걸어올 것처럼 환상적이었다. 지금 여기서 보는 풍경은 작은 비행기 창문으로 보던 것과 또 다르다. 이쪽저쪽을 보아도 온통 구름바다다. 서서히 여명이 밝아오며 제일 먼 산부터 색깔이 변하는 것을 보는 재미에, 멀리서 들리는 늑대를 닮은 개 짖는 소리에, 어릴적 외가의 익숙한 기억을 일깨우는 꼬끼오 소리가 입체적인 흥취를 자아낸다.

운무는 아주 빠른 속도로 움직였다. 몽글몽글 서로 뭉치며 올라오는가 하면, 얇게 펼쳐져 제일 얕은 섬을 집어삼켰다. 성질 급한 쪽은 동영상으로 찍어도 될 만큼 빠르게 일어서고 펼쳐지며 한바탕 파노라마를 보여주었다.

1박 기차여행을 계획할 때 애초 코스는 내장산과 선운사였다. 내장산은 단풍구경이 이른 대신 인근의 구절초 군락지가 궁금했고, 선운사의 꽃무릇은 피크타임이 지났다고 해도 나 볼 것은 남아 있으려니 했다. 그런 계획이 꼬이기 시작한 것은 정읍의 산외 한우마을에서부터였다. 내장산에 들렀다가 저녁을 먹으러 산외마을에 갔는데, 관광안내소 직원의 말과는 달리 이 마을에는 숙소가 없었다. 다행히도 식당에서 모텔 하나를 소개받아 픽업 차량을 탔다. 우리가 구절초를 보려던 옥정호 부근이라는 말만 듣고 간 숙소는 놀랍게도 정읍을 넘어 임실 땅이었다. 조금 놀라긴 했지만 전혀 기대하지 않은 국면이 나타나는 이것이 여행의 맛이겠거니 하며 주인의 권유대로 다음 날 새벽에 국사봉에 오르기로 했다.

국사봉! 그렇게 우연히 출사지로 유명한 최고의 전망대에 오르게 된 것인데, 내게는 각별하게 잊지 못할 곳이 되었다. 얼마 전부터 자꾸만 운무 사진과 맞닥뜨렸다. 설악산일 때도 있었고, 옥정호 사진도 보았다. 새벽 물안개를 높은 곳에서 보면 이런 절경이 나오는구나, 한번 보고 싶었지만 차를 없앤 뒤로 기동력이 줄어들어 엄두가 나지 않았다. 그리하여 소박하고 만만한 코스를 잡았던 것인데 우연의 힘이 나를 운무에게로 몰아주었으니 어찌 신기하지 않으랴!

한없는 감회에 젖어 구름바다를 탐닉하고 있는 동안에도 시시각각 풍경은 변하고 있었다. 사이좋게 겹쳐 선 쌍둥이 산의 정중앙에서 솟아오른 해가 화살을 쏘아대기 시작했다. 아침 햇살이 운해를 벌겋게 물들일 것이 기대되었지만, 옷을 얇게 입고 가서 꽤 추웠고 우리를 태우고 온 차량이 기다리고 있어서 내려오고 말았다. 이곳은 일찌감치 올라와 몇

시간을 머물더라도 그때마다 풍요로운 장면을 보여주겠구
나, 언제고 단단히 준비를 갖추어 다시 오리라 마음먹고 아
쉬운 발길을 돌리는데 어떤 아저씨 한 분이 "이제부터가 진
짜 볼거리인데 왜 벌써 내려가?" 하신다. 그 말투가 어찌나
친근하고 따뜻한지 묘한 감동에 젖는다. 나는 우연히 간 길
이었지만 새벽 출사라는 같은 취미를 갖고 있는 사람들끼리
의 우호감이 느껴졌다. 나 역시 좀 전 전망대에서 내 연배의
두 남자가 몰두해서 사진을 찍는 모습이 좋아 보여서 한껏
우의를 담아 인사하고 오지 않았던가!

> 딸: "(옥)정호야, 잘 있어라. 정말 아쉽구나."
> 나: "(옥)택연이하고 종씨네."
> 딸: "안 돼, 안 돼, 싫어!"

딸도 못내 아쉬운지 너스레를 떤다. 진정 두고 오기 아까
운 곳이었다. 해외여행과 레저스포츠를 평생 과업으로 여기
고 있는 딸은 국내 여행에 대한 편견을 바꿔 놓은 곳이었다
며, "엄마, 이제 가구 사지 마. 우리 히피처럼 살자" 한껏 고
조되었다.

산외 한우마을은 생각보다 컸다. 정읍에서 버스로 논두

렁 밭두렁을 한 시간이나 달려간 촌구석에 숨어 있는 특화
된 마을이었다. 수십 군데 정육점 식당 중에서 하필이면 그
곳에 들어갔고, 임실에 있는 모텔에서 우리를 데리러 왔다.
새벽 등산은 차가 없으면 할 수 없는 일이다. 새벽부터 한탕
이라도 더 뛸 생각이 있는 주인이 아니었더라면 우리는 국
사봉에 가지 못했을 것이다. 수많은 우연이 겹쳐 나의 작은
로망 하나를 실현시켜 준 것을 생각하면, 내가 몸을 던지는
순간 신도 따라 움직인다는 말이 과장이 아님을 믿게 된다.

아침을 먹고 나왔어도 아직 8시 반밖에 안 되었다. 집에
서라면 일어나지도 않았을 확률이 높다. 방금 국사봉에서
운해를 보며 감탄하고 온 참이라, 산기슭에 조금 남아 있는
안개도 예사롭게 보이지 않는다. 한 발만 나가면 감흥에 감
흥이 꼬리를 물고, 꼭꼭 눌러 담은 고봉밥처럼 꽉 찬 시간을
보낼 수 있으니, 집에만 머물러 있는 것은 내 삶에 대한 직
무유기이다(2012년).

중부의 보석, 직소폭포

부안의 내소사 뒷산(내변산) 숲에서 잊지 못할 체험을 한 적

이 있다. 2015년 4월, 이슬비가 내려서 진달래에는 촉촉한 이슬방울이 맺혀 있고, 붉은 흙은 더욱 붉어져 처연하고, 산 꼭대기마다 불이라도 난 것처럼 엄청난 운무가 피어올랐다. 비가 내리면 풍경은 선명해지고 머리는 맑아진다. 세상도 나도 순도가 높아지는 기분에 눈보다 비를 좋아한다. 그 여파인지 물도 잘 마시고, 뜨거운 차는 더 좋아하고, 낙수 소리에 환장하는지라 하염없이 물소리를 들으며 걷는 오솔길이 너무 좋아 아들딸을 제치고 앞장서서 걸었다.

내소사에서 두 시간 넘게 헉헉대며 올라가자 좀처럼 보기 힘든 비경이 펼쳐졌다. 위에서 아래로 흐르는 계곡이라면 익숙한데 여기는 계곡이라기보다 밀림 같았다. 산길 옆 저지대에 물이 흘러넘쳐 잡목이 우거진 숲이 물 위에 떠 있었다. 천연덕스럽게 평지에 흘러넘치는 계곡물은 가히 환상적이었다. 베트남 여행 중에 본 맹그로브숲 같달까, 그보다 사이즈는 작아도 분명 우리나라에서는 보기 힘든 광경이었다. 모퉁이를 돌면 또 열리고, 모퉁이를 돌면 또다시 열리는 비밀의 숲이 너무 아름다워 정신이 다 몽롱해졌다.

갑자기 우레와 같은 물소리가 들리더니 가슴이 뻥 뚫린다. 날이 흐려 희끄무레하던 산중 풍경에 돌연 백색 물줄기가 솟구친다. 분명 아래로 떨어지는데 힘차게 위로 솟구치는 느낌. 그 정도로 직소의 물줄기는 강하고 빨랐다. 무엇이 그리 급한지 굵은 물방울이 다투어 떨어지는 것이 장관이다. 가슴을 쓸어내릴 정도로 아름답다. 이렇게 온몸을 던져야 비로소 살았다고 할 수 있다? 그 얘기를 하고 싶은 건가 싶을 정도로 직소는 충격적이었다. 천양희 시인이 젊어서 삶에 지쳐 세상을 등지러 직소폭포 앞에 섰을 때 "너는 죽을 만큼 잘 살았느냐?"는 질문을 얻고 돌아 나왔다는 말이 고스란히 이해된다.

직소폭포의 위용에 놀라 평소보다 30퍼센트쯤 각성된 상태로 걷던 산행을 잊을 수 없어 그곳에 다시 갔다. 2020년 10월이었는데 잡목 숲은 여전히 아름다웠지만 물이 거의 없는 것을 보고 걱정했더니, 과연 폭포는 완전히 말라 있었다. 폭포가 가까워지면 천지를 뒤흔드는 소리가 들려야 하는데 조금도 들리지 않자, 딸은 "폭포 껐다"라고 말했는데 그 말이 옳았던 것이다. 놀이동산에서 인공폭포를 끄듯 단 한 방울도 흐르지 않는 절벽을 바라보며 앞서 포효하는 폭포를 본 것이 얼마나 큰 행운이었는지를 뒤늦게 깨달았다. 직소폭포, 가히 중부의 보석 같은 곳. 우기를 골라 다시 한번 가고 싶다. 잘 살고 있느냐는 천둥 같은 질타에도 밀리지 않고, 밀림 같은 원시림에 넋을 놓으며 잠시 딴 세상을 맛보고 싶다.

마침내 파라다이스, 동해안

시장에서 양말과 속옷, 티셔츠를 사는 것으로 준비 끝! 딸과 여행을 많이 다녔지만 이렇게 초치기는 처음이다. 2018년 4월, 수원 집에서 슬슬 바람 쐬러 나섰다가 여주 신륵사에서 흥이 동한 우리는 강릉으로 방향을 틀었다. 나는 가끔 글쓰기 수업만 하면 되었고, 딸은 자기가 일하는 시간을 선택할 수 있어서 좋다는 이유로 캐디를 하고 있었으므로 둘 다 시간 부자였다. 그날 우리는 마음만 먹으면 떠날 수 있다는 사실에 살짝 흥분했다. 둘 다 자유인 기질이 농후하여 제법 여행을 다녔음에도 이렇게 진짜배기 즉흥 여행은 처음이었던 것이다.

즉흥이라고 해도 문제 될 것은 하나도 없었다. 무얼 해도 즐거웠으니 '야자' 빼먹은 여고생들처럼 기분이 고조되어 굴러가는 가랑잎에도 웃을 준비가 되어 있었다. 딸은 운전을 좋아하고 가성비 좋은 숙소를 찾는 것이 취미이니 내가 딸의 딸이라도 된 듯 그저 쫓아다니면 된다. 이동하면서 코스와 숙소를 정하다 보니 아예 기대치가 없었던 만큼 만족도가 높았고, 작은 시행착오는 자동적으로 잊어버릴 수 있었다. 십여 년 전 초당두부를 먹으러 간 기억이 나는 걸 보니 초행이 아닌데도 강릉은 완전히 낯설어서 볼거리 천지였다. 바다부채길은 야성미 넘치는 호방함을 느끼게 했고, 경포대 해변이며 경포호수며 송정해변 모두 은은한 품격이 있었다. 언제 적 경포대인데 그다지 상업적이지 않은 것이 인상적이다. 조만간 다시 와서 솔숲에서 여유 있는 시간을 갖고 싶고, 경포호수 둘레길을 자전거로 달리고 싶어진다. 나는 강릉의 중후한 느낌이 좋았다.

원 없이 바다를 보고, 바다뷰 숙소도 실컷 누렸다. 해안이 긴 동해에는 바다뷰 숙소가 널려 있었고 비수기 평일인지라 4~5만 원에도 침대에서 일출을 보는 호사를 누릴 수 있어서 5박이나 하게 되었다. 그중 백미는 고성의 천진해변이었다. '천진맛집'을 검색하니 중국의 천진이 나와서 웃기도 했는데(500킬로미터밖에 떨어져 있지 않았다), 그 이름도 낯선 해변은 휴전선과 인접한 고장답게 생경해서 여행하는 맛을 물씬 느낄 수 있었다.

해변 끄트머리에는 철조망이 둘러쳐 있다. 군부대와 초소가 많고 사진 찍지 말라는 경고가 붙어 있어 공연히 쫄밋거리는데 깊은 옥색 바다를 안고 휘어지는 해안은 유독 짱짱하다. 햇살이 거침없이 내리쪼이는데 체감 온도는 서늘한 것이 강원도의 힘인가. 천진해변은 모래사장과 맞닿은 곳에 숙소

라인이 자리 잡고 있다. 보통 소나무숲이나 도로에 한 줄을 양보하고 난 뒤에 숙소 라인이 포진하고 있는데, 이곳은 고급 휴양지에서 볼 수 있는, 해안을 독점하는 형태로 숙소가 자리 잡고 있어서 한결 바다를 가깝게 누릴 수 있었다.

길게 뻗은 숙소 구경을 하며 마을 안길을 걸었다. 건물들이 하나 걸러 촌스러움과 세련됨의 극치를 보여주어 구경할 만하다. 천혜의 해수욕장이지만 남한 땅의 북단답게 예전 모습이 남아 있거나 개발이 진행되는 양상이 공존하는 것이다. 해변의 금싸라기 땅에 떡하니 작은 촌집이 남아 있는 것이며, 구닥다리 예식장 같은 건물과 감각적인 건물이 공존하는 양태가 재미있어서 낄낄거리며 다닌다.

여행의 마지막 목적지인 고성 화진포는 빼어나게 아름다웠다. 부드러운 모래언덕 사이로 바닷물이 흘러들어와 호수를 이루는 길목이 절경이다. 눈을 들면 웅장하고 야성적인 바다요, 발밑에는 모래를 말갛게 비추는 햇살이 일렁인다. 모래언덕이 버터링쿠키처럼 달콤해 보인다. 호수가 된 물은 첩첩이 겹친 산울타리에 안긴다. 백두대간을 병풍으로 두른, 우리나라에서 최고로 호강하는 호수다. 동해에는 이렇게 바닷물이 흘러들어 호수가 된 곳이 많다. 사구로 막혀 그리된다는데 해수와 담수가 섞여 바닷물고기와 민물고기가 공존한다니 신기하다. 강릉의 경포호, 속초의 청초호가 다 그런 식이다. 고성에서도 이미 송지호를 보고 왔고 모두 저마다 아름다웠지만 화진포가 압권이다. 먼바다와 산맥 병풍이 가장 **빼어난** 덕분이다.

바다를 좋아하는 우리는 화진포에서 만족하고 기꺼이 돌아설 수 있었다. 내면에 얼마나 깊은 우물이 있기에 아무리 돌아다녀도 미진하던 것이 화진포로 해서 일단 멈춤을 할 수 있었다. 날씨 덕이 크다. 이미 초여름 날씨를 선보이는 4월 말의 쨍한 햇살 속에 화진포는 완벽하게 빛났다.

헤어질 때 딸은 여주휴게소에서 수원으로 가는 고속버스를 찾아서 나를 태웠다. 일하러 안성 기숙사로 가야 하는데 나를 수원에 내려주고 가자니 돌아다니느라 지친 터에 꾀가 났을 것이고, 그렇다고 환승할 만한 중간 지점에 내려주자니 신경이 쓰였을 상황에서 그것은 신의 한 수였다. 영주에서 올라오는 버스는 텅텅 비어 있었다. 그렇게 해서 아무것도 계획하지 않고 떠난 5박 6일의 동해안 여행은 끝까지 우연에 기대어 만족스러운 대미를 장식했다. 마침 고성에서 묵었던 숙소 이름이 '파라다이스'였던 것이 재미있어서 혼자 웃는다. '몰디브'와 '캘리포니아' 찍고 마침내 '파라다이스', 좋지 아니한가.

꽁꽁 아껴두었던 제주

'선작지왓'이라는 명품

아주 오래전에 어떤 책에서 국내 최고의 여행지로 설악산 오색약수터를 꼽은 걸 본 적이 있다. 여러 여행작가가 각기 최고라고 생각하는 여행지를 한 곳씩 선정해서 소개하는 책이었다. 제목도 내용도 다 잊어버렸는데 오직 오색약수만 기억하는 것은 순전히 지명 탓이다. 오색이라는 이름에서는 영험한 약수에서 찬란한 빛이 쏟아져 주변 풍경까지도 오색으로 물들일 것 같은 이미지가 떠올랐다. 그렇게 기억하고 있던 오색약수터에 2020년에야 들렀다. 탁 트인 공간에 거대하고 넓적한 바위 위로 계곡물이 흐르고, 오색약수에서도 물이 솟고 있었지만 국내 1위라기엔 다소 소박한 풍경에 저절로 나의 베스트 '선작지왓'이 떠오른다.

제주에서 1년 살기 하던 중 혼자 한라산에 오르는 길이었다. 영실의 제법 가파른 기암절벽을 거쳐 바짝 좁아진 돌밭의 나무를 헤치며 가고 있었는데 갑자기 대평원이 펼쳐졌다. 드넓은 평원 저 끝에 백록담 분화구가 신기루처럼 떠 있고, 평원의 끝이 주르륵 흘러 바다로 닿는 그곳에 나는 반해버렸다. 순간적으로 탁 트인 시야에 신세계에라도 도달한 듯 가슴이 두근거렸다. 우리나라에도 이렇게 광활한 고원이 있었나 감격이 밀려왔다.

우리나라 명승지가 풍경은 안 밀리는데 스케일이 딸린다고 생각할 때가 종종 있었는데 '선작지왓'에 와서 그 서운함이 말끔히 풀렸다. 해외여행을 다니면서도 고원에 마음을 빼앗기곤 했다. 튀르키예 동부의 카츠카르산에서 절정에 달했다. 평지보다 높되 정상은 아닌 드넓은 곳을 좋아하는 취향이 어릴 때 읽은 《알프스의 소녀》 영향일지도 모른다는 생각이 들어 조금 놀란다. 정상에 오르기 위한 치열함이 없는 성향도 드러나고.

그 뒤로 딸과 한 번, 백설이 뒤덮었을 때는 아들까지 셋이 한라산을 찾았어도 내 목적지는 백록담이 아니라 선작지왓이었다. 이름에 민감한 나에게는 '선작지왓'이라는 지명도 독특하고 이국적이라 너무 좋았으니 제주어로 '작은 돌이 서 있는 밭'이란다. 영실기암에서 윗세오름에 이르는 해발 1600미터 내외의 평원, 한라산은 장기간 분화 활동을 하며 용암류가 겹겹이 쌓여 유독 완사면이 많다는데 선작지왓도 그중 하나다. 머리 위로 손을 뻗으면 닿을 것처럼 가까운 하늘과 서귀포 앞바다까지 펼쳐진 한라산자락을 한눈에 보노라니, '제주도가 한라산이고 한라산이 제주도'라는 말이 실감 난다. 스스로 존재하는(自然) 기품과 위엄에 포획되어 기꺼이 사랑에 빠진다.

지리산의 '세석평전'도 이름에서 풍기는 아우라가 멋져서 마음에 간직하고 있었는데 '선작지왓'과 '만세동산'이 평전(坪田)으로 불리는 장소보다 훨씬 더 고원의 분위기를 자아낸다고 네이버가 알려주네. 그렇다면 세석평전을 가보지 않았어도 선작지왓을 우리나라 최고의 고원으로 꼽아도 될 것이다. 철마다 드나들며 눈과 마음과 글에 새겨넣고 싶은 공간을 만난다는 건 선물이고 축복이다.

딸과는 어리목 입구에서 등산을 시작했다. 딸의 경차가 힘겹게 올라온 보람이 있어 어리목 입구가 해발 950미터란다. 도로에서 불과 몇 걸음 걸어 들어왔는데 녹색 기운이 어찌나 화사하고 청량한지 이 좋은 것을 맛보러 산에 자주 오지 않는 내가 이상하게 느껴진다. 날씬하게 큰 나무들이 하늘을 가리고 간간이 뚫린 틈새로 쏟아진 햇살이 나뭇잎마다 등불을 켜놓은 듯 환하다. 어리목 입구에서 윗세오름 대피소까지 절반가량은 촘촘한 숲길 오르막이다. 지표면을 덮은 조릿대나 커다란 바위가 뒤엉킨 계곡이 아니면 비교적 편한 산길이다. 계곡에 물이 흐르면 아찔한 절경일 텐데 아쉽게도 물은 없다. 제주의 지질구조가 물 빠짐이 좋아서 하천에도 비가 와야만 물이 흐르는 건천이 많다고 들었는데 같은 이유인가 보다.

윗세오름 대피소에서 먹는 컵라면

딸과 둘이 헉헉대며 산을 오른다. 해발 1200미터, 1300미터…라고 쓰인 표지석이 큰 위안인데 표지석이 등장하는 속도가 점점 빨라진다. 서서히 몸이 풀리고 있나 보다. 2017년 8월, 제주 날씨도 엄청 뜨거울 때인데 산에 들어서는 순간 체감 온도가 뚝 떨어진다. 이 산길에는 유독 바위 위에서 자란 나무가 많아서 감탄하게 된다. 바위 밑에서 움튼 씨앗이 커나가며 바위를 감싸 안은 것이겠지만 어떤 것은 바위에서 솟아난 듯한 형국이라, 그 척박함을 이겨내고 늠름하게 자라난 나무가 남다르게 보인다. 사람이든 자연이든 특별해지기 위해서는 고난이 필수인 거야. 이제껏 너무 편하게 살아왔으니 어디 인생과 제대로 한판 붙어볼까? 나무와 소리 없는 대화를 나누며 오르다 보니 눈앞이 탁 트인다.

대략 해발 1400미터, 사제비동산을 기점으로 완만한 평원이 시작된다. 저 멀리 초가처럼 부드러운 오름의 능선이 일품이고, 사진에서 보던 고사목도 반갑지만 오늘의 주인공은 구름이다. 쉬지 않고 흰 구름과 먹구름이 자리를 바꾸는데 쨍하고 해가 나오면 그저 대기가 맑을 뿐이고 새파란 하늘에 폭발하는 듯한 뭉게구름을 즐기면 되지만, 먹구름은 운무가 움직이는 켯속이 다 보여 색다른 재미를 준다. 꽤 빠른 속도로 눈앞의 풍경이 지워지고, 가시거리가 짧아져 순식간에 안개바다에 떠 있는 듯한 형국이 된다. 사실 하늘이라고 같은 하늘이 아니고, 구름이라고 같은 구름이 아니다. 더 이상 순도가 높을 수가 없고, 더 이상 새파랄 수가 없는 하늘에 자체발광하는 형광색 뭉게구름이 모조리 최상급이다. 내가 본 하늘과 구름의 최고치를 갱신해준다.

먹구름이 좍 퍼질 때는 서늘하고 축축한 물방울이 느껴질 정도로 시원하지만, 금방 짱짱한 햇살이 나오는 바람에 땀으로 전신 목욕하며 드디어 윗세오름 대피소에 도달한다.

대피소에서 먹는 컵라면이 어찌나 맛있는지 평소에 컵라면을 싫어한 게 미안해질 정도다. 양갱까지 맛있게 먹고 선작지왓으로 넘어간다. 딸도 대번에 선작지왓에 반해서 연신 감탄한다. 나무라고는 일절 없고 지표식물로 뒤덮인 평원이 천지사방으로 탁 트였다. 오직 하나 백록담 봉우리만 종을 엎어놓은 형국으로 오뚝하다. 1700미터 고지에서 바라보는 1950미터의 위용이 장엄하다.

이 풍경에 나는 더 명랑해지고 더 젊어진다

지난번 5월에 왔을 때는 철쭉 끝물이었고, 이번에는 낮게 깔린 초록의 지표식물, 그리고 나중에 설경까지 보았는데 그때마다 다 좋았다. 설경은 좀처럼 접할 수 없기에 가슴 벅찬 감동을 받은 것은 말할 나위가 없다. 구상나무 같은 상록수에 눈이 덮이니 평생 꾸미지 않은 성탄절 트리를 한꺼번에 보는 환희에 숲 전체가 거대한 카드요 찬송 같은 길을 거쳐 마침내 영접한, 새하얀 선작지왓을 보며 정갈한 기운으로 씻긴다. 그저 감탄하고 또 감탄하는 사이에 좀 더 명랑해지고 좀 더 젊어진다.

전망대에 돗자리를 펴고 누우니 대평원의 기운이라도 받은 듯 가슴이 탁 트인다. 백록담 봉우리를 감싸고 도는 구름

줄기가 신비로워 모든 곁가지를 물리치고 인생의 핵심만 껴안고 갈 수 있을 듯 정화되는 기분이다. 한없이 작아져 그저 경배하고 싶은 자연 속에 안기는 일은 나도 모르게 겸허해지고, 자유로워지는 일일 게다. 마침내 새로 태어나는. 등산이 권력이로구나. 걷는 자들에게만 허여되는, 내려놓을 수 있는 기회. 그래서 호연지기라고 했음을 이제야 깨닫는다. 유서 깊은 한라산에 유서 깊은 나이가 되어서야 꽂혔으니, 인생 다 산 것처럼 굴 것도 없겠다.

올라갈 때는 어리목에서 윗세오름까지 2시간 걸린다는 안내판을 무시하고 3시간이 걸렸는데, 내려올 때는 후들거리는 다리로 한 발 한 발 골라 딛어가며 2시간이 걸렸다. 등산로 입구 숲에 평상이 널렸는데 어찌나 시원한지 싸 갖고 온 밥을 먹는데 추울 지경이다. 노각무침에 고추참치를 넣고 비빈 소박한 도시락에 딸이 연신 "행복하다"고 말한다. 여기 시원한 것을 아는 주민들인지 목침을 갖고 와서 베고 누워 책을 읽는 사람에, 꽤 두툼한 면 이불을 덮은 사람을 보며 딸과 나도 무언의 눈짓을 나눈다. 언제고 우리도! 비둘기가 되어버린 까마귀 댓 마리가 날아가지도 않고 "악, 악" 울어댄다.

작고 강한 로컬 식당의
관능적인 맛이라니!

제주에서는 고기라고 하면 돼지고기를 말한단다. 그 정도로 식재료로서 비중이 크다는 말일 텐데, 잔치가 있어 돼지 한 마리를 잡으면 온 동네 사람이 돼지고기 육수를 나눠 먹었다는 자료를 본 적이 있다. 그 전통이 쌓여 고기국수와 육개장, 몸국을 모조리 돼지 육수로 만들게 되었으리라. 보통 돼지고기도 육지에 비해 엄청 질이 좋아서 흑돼지라고 해도 속겠구나 했는데, 흑돼지 전문점에서 먹은 고기는 또 달랐다. 이게 어떻게 돼지고기야? 종업원에게 두 번이나 지적을 당한 뒤였다. 도톰하게 썰어주고 간 것을 무심히 자르고 있었더니 너무 조그맣게 자르면 맛이 없다고 제지당했고, 두루치기 하듯 싸잡아 휘젓는다고 또 혼났다. 그러면 육즙이 다 빠져버리니 하나하나 뒤집어주라는 말이었다. 드디어 알현한 맛은 최고였다. 소고기는 덜 익혀도 되지만 돼지고기는 완전히 익혀 먹어야 한다는 상식이 잘못되었단다. 살짝 익혀서 육즙을 촉촉하게 머금고 있는 맛은 가히 돼지고기의 T.O.P.였다.

제주를 일컬어 '말이 통하는 외국'이라더니 낯선 음식도

참 많았다. '양애'와 '보말죽'이 떠오른다. '양애'를 요리책에서 보고 잘 기억해 두었다. 생강과의 다년초란다. 표준어로 '양하'라고 한다는 것으로 보아 남쪽에서도 나는가 본데 나는 제주에서 처음 접했으므로 제주 음식 같다. 새순을 국이나 쌈으로 먹고, 꽃송이로는 장아찌를 담근다는데 새로운 식재료에 관심이 많은 나는 오매불망 양애를 찾아다니다가 드디어 민속오일장에서 만났노라, 샀노라, 장아찌 담갔노라! 생강 맛에 꽃향기가 더해지니 이보다 더한 호사가 없다. 체리핑크의 색감까지 고급스럽다. 알싸하고 향긋한 맛이 어떤 허브에게도 지지 않겠다.

난생처음 보말을 주워 죽을 끓이고, 전통적인 '꿩엿'을 찾아 헤매기도 했다. 하지만 제주 살이 1년에 가장 인상 깊었던 음식은 고등어회다. 성질이 급해 뭍으로 나오자마자 죽어버린다는 고등어를 육지에서 회로 먹기는 어렵다. 제주에서는 흔하다. 회를 좋아하기도 하고 낯선 음식에 대한 호기심으로 기대했는데, 전혀 비리지 않고 고소해서 첫입에 합격이었다. 그 뒤로 공들여 찾아 먹었는데, 양희주의 글귀를 먼저 만났는지 성산읍의 식당 '남양수산'을 먼저 만났는지 기억할 수는 없어도 이 둘의 협공으로 고등어회는 내게 잊지 못할 음식이 된다.

현란한 글발로 제주 음식에 대한 취향을 전시하는 양희주에게는 대항할 도리가 없다. 소면의 쫄깃한 식감에 익숙한 나는 푹 삶아서 툭툭 끊어지는 고기국수의 중면이 거슬렸는데 양희주의 변론을 접하면 그저 항복하고 수용하게 된다. '경우 앞에서는 귀신도 꼼짝 못 한다'더니 오늘날에는 근거 있는 취향을 탑재한 스토리가 백전백승이다.

나무기둥으로 대리석 지붕을 지탱할 수 없듯이 소면의 얇은 면으로는 고기육수의 육중함을 감당할 수가 없다. 순식간에 함몰되고 만다. 굵은 면이 나설 수밖에 없다.

— 양희주, 《제주 밥상 표류기》

이런 식으로 책 전체가 제주 음식에 대한 거부할 수 없는 유혹으로 가득한데 그중에서도 고등어회에 대한 단락은 가장 매혹적이었다. 고등어회와 19금 영화를 매치한 발상이 어찌나 감탄스러운지 도저히 잊지 못할 표현이 되고, 고등어회도 덩달아 그렇게 되었다.

부둣가 횟집에서 고등어회를 한 접시 시키고 두근거리는 마음으로 기다린다. 드디어 접시 위에 예사롭지 않은 오늘의 주인공이 뽐을 내며 등장했다. 푸른 비늘 사이로 붉은 살이 뛰쳐나온 듯한 강렬한 비주얼에 그 옛날 동시상영 극장에서 보았던 19금 영화가 스쳐 간다. 열일곱 여학생들을 용감하게 만든 건 미키 루크의 전설의 엉덩이였던가. ……

가을에는 특히 몸에 지방이 많아져 두껍고 기름지다. 꼬들꼬들한 살을 씹을 때마다 숨어 있던 찰진 지방이 크리미하게 퍼지며 고소함이 감돈다. 끝도 없이 입으로 들어간다. 육덕진 붉은 살이 자꾸만 잡아당긴다. 심장이 방망이질을 하다못해 튀어나오는 줄 알았던 동시상영관의 살색 기억이 교차한다. 꿈틀거리는 관능의 맛이다.

— 양희주, 같은 책

양희주의 현란한 수사와 '남양수산'의 내공을 같이 기억하는 것은 아주 기분 좋은 일이다. 딱 테이블 6개, 네비를 켜고 가도 지나칠 정도로 나지막한 지붕을 가진 집에서 그 어디보다 고급스러운 고등어회가 나왔다. 종이처럼 얇게 썰린 횟점이 점점 붉어지더니 음산하게 세련된 회색으로 마무리되는 비주얼이 압도적이고, 생선회에서 맛본 적이 없는 순도와 강도를 지닌 고소함에 눈이 휘둥그레진다. 생선회를 몇 점 남겨 회덮밥을 만들어 먹고, 고등어지리가 나오니 우아한 코스요리가 되었다. 식사를 마치고 내가 사방을 둘러보니 화장실을 일러주는 사장님의 눈이 무언가 묻고 있다. 고급 레스토랑에만 셰프의 자존심이 있는 것이 아니다. 그의 눈은 분명 공들여 마련한 자신의 요리가 어땠는지 알고 싶어 궁금한 눈이었다. 가끔 TV에서 볼 수 있는, 식사를 마친 테이블 앞에 요리 평을 듣고자 서 있는 셰프의 모습이 떠올랐다.

안 그래도 식사하며 애들에게 로컬 식당에 대한 생각을 설파하고 난 뒤였다. 이렇게 작아도 강한 식당에는 좋은 직업의 원형이 숨어 있다, 애정을 가지고 깊이 탐구하는 아이템, 나의 기량을 닦아가며 고객에게 즐거움을 선사하는 자세, 독자적으로 일할 수 있는 운신의 폭이 다 들어 있으니 가장 천직에 가까운 형태이다, 너희도 길게 보고 이런 걸 찾자 … 뭐 그 정도였는데, 내 생각을 뒷받침해 주는 사장님의 태도에 기분이 덩실 좋아진다.

"잘 먹었고요. 그리고 또 올 거예요."

나오면서 그런 인사를 날리자 사장님이 활짝 웃는다. 수더분해 보이는 중년의 아재가 눈이 가늘어져 하나도 보이지 않을 정도로 좋아하는 모습에서 나의 직업관을 확인받는 기분이 든다. 고등어회의 맛과 주인장의 자세 모두 유쾌하기 그지없었다. 소신 있는 로컬 맛집 만세! 매혹적인 글쟁이 양희주도 만세! 그 둘을 만날 수 있었던 나에게는 함박웃음을!

무릉도원에서는 홈리스가 더 좋아

2017년 3월부터 제주에서 1년 살기를 했다. 셰어하우스를 실험해볼 생각으로 34평 아파트를 얻었는데 어쩌다 지인이 와서 묵고 갔을 뿐 주로 혼자 지냈다. 함덕에 있었으므로 대중교통으로 서귀포라도 갔다 오려면 버스를 타는 시간이 너무 길어서 주로 집 주변에서 산책을 했다. 딸이 내려와야 씽씽 돌아다닐 수 있었다. 그때 전기차에 꽂힌 딸은 매번 전기차를 렌트해서 하루에 한 바퀴씩 제주도를 돌아다녔다. 해안이든 산길이든 빼어난 풍광에 도로 사정 좋겠다 드라이브하는 맛 나지, 전기까지 공짜이니 왜 안 그랬겠는가! (당시에는 전기차의 전기가 무료였다.) 이름난 관광 포인트가 아니라 숨은 보물을 찾고 싶다는데 의기투합한 모녀는 지도를 펼쳐놓고 샅샅이 훑고 다녔다.

제주공항만 보면 엄청난 관광객이 오가는 것 같은데, 사려니숲이나 비자림, 에코랜드, 산굼부리 같은 인기 코스를 제외하고는 무서울 정도로 한산했다. 덜 알려진 오름에라도 가면 경치는 환상적인데 우리뿐이라 너무 적적해서 서둘러 내려와야 했다. 평지 중에서 가장 인상 깊었던 곳은 '한라생태숲'이다. 넓은 숲이 막 청소를 끝낸 것처럼 정갈한 데 놀라서 안내판을 살펴보니 60만 평 규모다. 7월에 2시간 산책하는 동안 관광객 네 팀을 만났을 뿐이었다. 목련림, 양치류, 지표식물 … 13개 테마정원이 있는 것으로 보아 곶자왈 같은 천연이 아니라 제주의 식생을 연구하기 위해 인공적으로 조성한 곳 같았다. 연꽃이 빼곡하게 덮고 있는 연못이며 어둑할 정도로 짙은 숲길이며, 크고 높게 잘 지어놓은 파고라가(11개나 된다!) 외국처럼 멋들어진데 텅 비어 있어서 아까워하며 다녔다. 내가 갔을 때는 꽃철은 살짝 지났지만 수국이 엄청 많아서 널리 알려진 수국 명소보다 나을 것 같다.

제일 어이없었던 곳은 대정읍의 '자연생태문화체험장'이었다. 지도에는 떡하니 나와 있는데 쇠락한 폐교에 불과했다. 올레가 뜨면서 뭔가 해보려고 했던 듯, 돌집에 정자에 체험장이 남아 있었지만 마당에는 잡초가 가득하고, 장작더미가 썩어서 흙이 되어가고 있었다. 가다 가다 귀곡산장까지 간 기분이었다. 아침 7시에 출발해 한 시간 반을 달려온 길이라 허탈함이 더했다. 잠시도 머물고 싶지 않았지만 비가 내리는 바람에 쉬었다 가려고 동네 안쪽 정자에 돗자리를 깔고 눕는다. 일찍 일어나서 피곤하여 큰 대 자로 누우니 내 집처럼 편하다. 이럴 때는 내가 꼭 집시 같다고 하니 따님이 받아친다.

"홈리스? 여기서는 홈리스 맞지."

비가 들이쳐서 돗자리를 휘감고 애벌레처럼 구르며 깔깔거리다 고개를 빼어보니, 우리가 있는 정자는 마을회관 앞뜰에 있는 것이고 마을 이름이 무릉리인가 보다. "무릉리 방문을 환영합니다"라는 현수막이 붙어 있고 아예 무릉도원을 별명처럼 쓰고 있는 듯하니 절묘한 우연이 흐뭇하여 마음이 더 풀어진다. 일찍 나선 걸음은 허탕을 쳤지만 생전 처음 온 마을의 정자에 누워 뒹굴거리는 자유가 무릉도원이라는 것 아닌가. 그럴 때면 내가 갖지 못한 것은 하나도 부럽지 않고, 내가 가진 길 위의 안식만으로도 가슴이 꽉 찬다.

노루와 고래에 반하다

그렇게 다니던 어느 날, '머체왓숲'에 갔다. 이름에서 물씬 정겨움이 풍겨 기대하는 마음이 몽글몽글 피어나는데 입구에서부터 개 한 마리가 따라온다. 놈이 앞장서서 우리를 인도하는 거다. 후미진 길로 들어섰다가도 이내 돌아오는 놈이 귀여워서 우다다다 쫓아가는 시늉을 하면, 놈은 냅다 힘차게 달려간다. 한 팀이라도 된 것처럼 친근감이 샘솟았다.

숲은 저쪽으로 보이는데 우람한 바윗덩이들이 부려져 있고 토목공사가 한창이라 길을 찾아 들어서니 소담한 언덕이 하나, 둘, 셋 연이어 나온다. 평평한 언덕을 좋아하는 나는 좋아서 싱글싱글 웃으며 간다. 해묵은 고사리가 양탄자처럼 펼쳐진 틈으로 혹시 때 이른 고사리라도 나왔나 살피는데 돌연 놈이 사냥개 포스를 풍기며 달리기 시작한다. 그러자 언덕 저쪽에 있던 노루들도 뛰기 시작했다. 얼결이라 셀 수는 없었지만 정면에 한 무리, 오른쪽으로 한 무리가 있었으니 최소 열 마리는 넘어 보였다. 정면에 있던 노루들은 뒷모습밖에 볼 수 없었지만 오른쪽에 있던 놈들은 측면이 오롯이 보여 멋진 광경을 연출했다. 어찌나 날렵한지 네 다리로 힘껏 대지를 차고 올라 꽤 높이 도약하며 도망가는 모습을 생생히 본 것이다. 공중에 활짝 펼쳐진 다리가 현대무용을 하는 무용수의 다리 같았다. 짧은 순간이라도 생명력의 절정을 맛본 것이 꿈만 같았다. 순식간에 동물의 왕국에 들어온 기분이었다. 그전에도 간간이 노루를 보았지만 한두 마리였고, 풀숲으로 스르륵 사라져서 이런 장관은 처음이었다. 노루 엉덩이에 모두 흰 반점이 있어서 팝콘이 통통 튀는 것 같았다. 불시에 접한 야생에 딸과 나는 혼쭐이 빠졌다. 야생동물과 같은 시공간에서 호흡하고 있다는 사실이 마냥 신기하고 행복했다.

내가 식물을 좋아하는 데 비해 딸은 동물에게 무조건적으로 열려 있다. 카파도키아에서 말이 목책을 넘어 자동차 도로로 나온 것을 보고 딸이 1초도 지체하지 않고 즉각 움직이는 것을 보았다. 다행히 곧바로 주인이 와서 몰고 갔지만, 위험에 처한 말을 돕기 위해 본능적으로 움직이는 것을 보며 딸의 동물 사랑을 짐작해본 적이 있다.

내가 꽃나무를 사랑하는 것도 타고난 것이다. 귀촌한 후 뜰에서 꽃다발을 만들어 꽂아놓고는 볼 때마다 예쁘다고 감탄을 거듭한다. 어떻게 이렇게 오묘한 모양과 색깔이 있는지 보고 또 봐도 사랑스러움이 샘솟는다. 그런 내가 동물 쪽으로 성큼 다가선 듯하다.

한번은 함덕 옆 북촌으로 산책 갔다가 코앞에서 고래를 만난 적이 있다. 먼바다에서 고래 떼가 펄쩍펄쩍 뛰는 모습을 홀려서 바라보는데 눈앞의 바다 밑이 시커매지는 게 아닌가. 이렇게 연안까지 고래가 다닌다고?(양식장 근처라 그랬던 듯) 쫄밋거리며 지켜보자니 수면 위로 상어지느러미 같은 것이 스윽 하고 지나간다. 핸드폰으로 찍히지 않았다면 나조차 믿지 못할 정도로 환상적인 장면이었는데, 제주 1년 살기의 백미를 꼽아볼 때 머체왓숲의 노루 떼에 밀렸다. 고래는 혼자 보았지만 노루는 딸과 둘이 보았기 때문이다.

2
✳

모녀의 화양연화는
여행에서 시작되었다

우리는 서로에게 외계인

저녁이면 딸은 가계부를 쓰고
엄마는 여행기를 쓰고

딸이 어려서는 그다지 치밀하다고 느끼지 못했다. 초등학교 2학년 때 내가 운영하던 학원 원생들과 함께 등산을 갔는데 산꼭대기까지 들고 간 과자를 친구에게 1000원에 팔았다는 식의 일화가 두어 개 된다. 평지에서 그보다 비싼 과자여서 그 일로 딸은 제 오빠에게 놀림을 받았다. 딸이 스무 살이 되던 해 처음으로 딸의 주도로 태국과 앙코르와트 여행을 했는데, 딸이 준비한 메모를 보고 깜짝 놀랐다. 시간 단위로 나누어 교통수단까지 다 찾아 놓았다. 꼼꼼한 준비 덕분에 첫 여행을 무사히 마치고 재미가 붙었을까? 이후에 딸은 여행지에서 훨훨 날아다닌다.

베트남 화폐 2만 동이 1달러다. 식사 한 번 하면 백만 동이 나오는 식이니 헷갈릴 수밖에 없다. 호텔 같은 곳에서는 달러를 요구하기도 하는데, 우리 돈과 달러, 베트남 돈이 섞여 여행이 끝날 때까지 말이 헛나오곤 했다. 첫 베트남 여행은(2011년) 아들과 딸이 같이 갔는데 개인적인 선물을 살 때 회계를 맡은 아들에게 타서 쓰다 보니 기분이 묘했다. 안 되겠어서 따로 환전을 해서 쓰고 다니다가 돈을 잃어버렸다. 호텔 야외식당에 있던 컴퓨터를 사용하고 나서 겉옷을 의자에 걸어둔 채로 들어가 잤는데 주머니에 있던 돈이 없어진 것이다. 20불로 큰돈은 아니라도 기분이 나빠서 그 뒤로는 딴 주머니를 차지 않기로 했다.

아들은 꼼꼼한 성격인데도 신경깨나 쓰이는 듯했는데 딸은 우리 머리 위에서 놀았다. 딸의 현실감각은 낯선 화폐에도 여지없이 작동되었고, 지도를 읽고 길을 찾는 감각도 이과 출신인 아들보다 나아서 순식간에 새로운 권력 관계가 형성되었다. 딸은 우리의 군기를 잡고, 근면 절약을 요구하는 조교요 제왕이 되었다.

반대로 나는 여행지에서 완전히 무력해졌다. 돈 없고 길 모르니 꼼짝없이 노약자 신세였다. 영어 문장을 만드는 건 내가 딸보다 좀 나았는데 듣기는 딸이 완연히 나아서, 나는 말만 해놓고 뒤로 빠졌다. 어느 것 하나 직접 결정하지 못하고 딸에게 의지하다 보니 의기소침할 때도 있었지만 이내 내 역할을 찾았으니 그건 바로 향유하는 것이었다. 딸도 엄마를 인솔하고 다니는 게 힘겨울 때가 있었을 텐데 여행 횟수가 늘어날수록 자기 역할을 즐기게 된 것 같다. 우리는 여행을 통해 서로에 대해 깊은 이해를 하게 된 것이다. 저녁이면 가계부를 쓰는 딸과 여행일기를 쓰는 엄마의 조합.

새로운 도시에 도착하면 얼마나 필요할지 예상 경비를 따져서 환전을 하는데, 그게 딱 맞아떨어지면 그렇게 기분이 좋단다. 리투아니아를 떠나던 날이 떠오른다. 빌뉴스의 어느 카레 식당, 4박 5일 머무는 동안 나는 리투아니아 돈을 만져보지도 않았건만 딸은 익숙한 동작으로 음식값을 딱 맞춰 놓는다. 동전까지 맞춰서 깔끔하게 다 썼다며 희희낙락하는 모습을 외계인처럼 쳐다보던 생각이 난다. 내게는 조금도 없는 기질이니 이해할 수는 없고 그저 신기했다.

딸은 어린아이처럼 천진한 내가 외계인 같을지도 모르겠

다. 빌뉴스에서 바르샤바로 넘어가서 어느 궁전 공원에서 쉬고 있던 때였다. 연못 위로 작은 물고기가 튀어 오르고, 바람이 잔잔하게 불어서 버드나무 씨앗이 옆으로 옆으로 흘러갔다. 잔잔한 호수 풍경을 땡땡이로 수놓으며 천천히 부유하는 씨앗이 너무 아름다워서 내 가슴에 아련한 슬픔이 번져갔다.

지금이 아니면 볼 수 없을 몽환적인 장면 하나가, 모든 것이 지나고 있다는 무서운 사실을 확인시켜 주었다. 언제고 나는 이 세상에 없겠지. 기어이 하고 싶은 일도, 굳이 보고 싶은 사람도 없는 처지지만 그래도 그건 무서운 사실이었다. 그러자 마치 내가 떠나온 세상을 훔쳐보고 있는 것처럼 절박한 심정이 되어서 그 장면을 카메라로 담으려 했지만 너무 흐려서 잡히지 않았다.

그렇다면 연출을 해야지. 나는 도로 가장자리에 돌아다니는 씨앗 뭉치를 집어 흩뿌리며 비슷한 장면을 만들어 보려 애썼지만 어림도 없었다. 손으로 집는 순간 뭉쳐지며 무거워진 씨앗은 절대로 자연스럽게 날아주지 않았다. 그런데도 포기하지 않고 계속해서 씨앗을 뿌리고, 재빨리 사진을 찍느라 허둥대는 나를 보고 딸이 어이없어했다.

"님, 지금 몇 살?"

내가 하도 열중하니까 딸도 합류해서 도와주었지만, 연출은 실패였다. 어쩜 그렇게 재미있게 놀아? 나중에 딸이 그런다. 그 장면이 너무 아름다워서 기록하고 싶었어. 잠시 후 벽화에서 나와 똑같은 놀이를 하는 소녀를 만났다. 철들지 않는 엄마와 노숙한 딸이 의외로 궁합이 잘 맞는 것을 발견한 것은 여행에서였다.

딸이 자기가 '걱정인형'이라고 말했다

당신을 가장 닮은 사물에 비유한다면 무엇이 될 수 있을까? 우산, 달팽이, 이불, 지붕…. 무엇이든 상관없다. 나는 글쓰기 수업 첫 시간을 이것으로 시작한다. 주의할 점은 딱 하나다. 한 가지를 떠올렸다면 여전히 내 자리에 서서 객관적으로 묘사하는 것이 아니라 아예 그것의 마음이 되어 어떤 심경인지 서술해보는 것. 단순한 기법인데 비해 자기 이미지를 확인하는 효과가 있어서 이 작업을 하며 눈물을 글썽이는 이도 종종 있다. 자신을 '시계'에 비유한 여자분이 "나는 시계다. 사람들은 늘 나에게 시간을 물어본다. 기꺼이 시간을 알려줄 때도 많았지만 이젠 좀 지쳤다. 사람들이 자기 시계를 갖고 다녔으면 좋겠다"라는 글을 쓰며 격한 감정을 보이던 것이 기억난다.

우리나라 재벌기업 중에서도 잘나가는 업종에 강의를 나갔을 때는 충격을 받았으니, 30여 명 가운데 5명이 발표를 했는데 모두 이미지가 같아서였다. 나는 석유다. 사람들은 내가 땅속에 파묻힌 것을 모른다. 나는 나무다. 한군데 붙박여서 아무 곳에도 가지 못한다. 나는 자동차다. 누군가 나를 운전하지 않으면 움직일 수 없다…. 거대한 기업의 부품이 되어 살아남으려면 주체성이라곤 흔적도 없이 숨기고 주어진 업무를 수동적으로 시행하는 것이 전부인가 하는 생각에 서글프고 소름도 끼쳤다. 다행히도 이 느낌은 어느 가톨릭 병원 직원들과 수업을 하며 순화되었다. 그 자리에서 간호사들이 인식하고 있는 자기 이미지는 지극히 온유하고, 사회에서 기대하는 것과 일치했다. 나는 바게트다. 내 몸을 주위 사람들에게 나누어줄 때 기쁘다. 나는 화분이다. 어서 예쁘게 꽃을 피워 내 주변을 환하게 만들고 싶다….

함께 잘 지내는 법을 익힐 기회

모처럼 내 수업에 참석한 딸이 자기를 '걱정인형'이라고 칭했다. 생각이 많고 애어른 기질이 있는 것은 알고 있었지만, 까도 까도 나오는 러시아 인형 마트료시카까지 거론해 가며 자기가 그렇게 걱정이 많다고 하니 가슴이 철렁 내려 앉았다. 실은 걱정 하나가 해소되면 1분도 안 되어 컨베이어벨트처럼 자동으로 새로운 걱정을 갖다 대령하는 유형을 알고 있다. 시어머니. 애들 할머니가 딱 그랬다.

시어머니는 어느 것 하나 그냥 넘어가는 일 없이 걸고넘어지는, 시골 동네마다 한 분씩 있다는 욕쟁이 할머니였다. 서른 살이 되도록 내 맘대로 살았던 나는 그런 구속과 간섭을 받는 것이 이해가 안 되고 받아들일 수가 없었다. 지금이나 그때나 불끈거리는 성미에 100년 전으로 퇴행한 것 같아서 참다못해 8년 동안 4번이나 가출을 했을 정도였다. 임신 중에 미워한 사람이 있으면 아이가 그 사람을 닮는다는 속설이 사실이었던가!

물론 딸은 시어머니를 백 배로 업그레이드한 수준이다. 어떤 상황에서든 혹시 나빠질 경우를 상상하고 대비하는 통에 지칠 때도 있지만 덕분에 딸과 다니면 어떤 문제도 일어나지 않는다. 런던에서 에어비앤비 아파트 주인이 다음 장소로 이동하는 비행기 티켓을 프린트해 주겠다고 한 적이 있다. 집에는 프린터가 없었고 회사에서 해다 주겠다고 약속했는데도 딸은 공항에서 출력하면 비싸다며 어디에 PC방이 있는지를 검색해 놓는다. 나는 잠시도 마음을 놓지 못하는 딸이 안쓰럽고 갑갑하지만 할 말이 없다. 체크아웃 전날 확인해보니 놀랍게도 주인은 자기가 한 약속을 까맣게 잊어버렸기 때문이다. 한국에서 강사생활을 했다는 주인의 파트너가 미안해하며 자기가 해주겠다고 했지만 딸은 검색해놓은 PC방에서 출력을 했다. 문제가 될 여지를 미리 차단하는 스타일이랄까.

딸이 성인이 되어 주관이 커지면서 우리는 가끔 부딪쳤다. 나처럼 느슨하고, 잔소리 듣기를 싫어하는 자유로운 영혼에게 '쁘띠' 시어머니가 생긴 것이다. 지출에 대한 것이 제일 컸다. 딸이 여행지에서 푼돈 갖고도 잔소리를 하는 바람에 돌아버릴 지경이었다. 거리에서 버스킹하는 뮤지션에게 주는 팁도 좋아하지 않아서 눈치를 봐야 했으니…. 나는 나대로 고지식한 데가 있어서 잠깐이라도 길거리 아티스트의 음악을 듣고 즐겼으면 그냥 가지 못하고 기어이 2유로라도 던져야 마음이 편했다. 이 모든 것이 기질적인 걱정(그 베이스는 불안?)에서 나온다는 것을 이해하려면 시간이 좀 더 필요했는지 그때는 짜증이 나서 눈물을 줄줄 흘린 적도 있다.

그럼에도 우리는 여행을 계속했다. 의외로 우리는 둘 다 내향형인지라 타인보다는 그래도 서로가 나았다. 해외여행

중에는 어지간한 마찰에도 불구하고 딱 붙어 있어야 하는
바, 우리는 여행을 하며 부딪치기도 했지만 함께 지내는 법
을 강제로라도 익힐 기회도 많았다.

딸이 너그러워졌다

딸은 30대가 되며 완연히 너그러워졌다. '지랄총량의 법
칙'이라는 말이 있듯이 걱정 에너지에도 총량이 있어 여행
에서 얼추 해소한 것이라고 짐작해본다. 생각해보라. 베트
남 10일, 터키 20일, 이탈리아 45일 식으로 길어지던 우리
의 여행은 2014년에 동유럽 3개월로 정점을 찍는다. 발트
3국, 폴란드, 헝가리, 슬로바키아…. 지도로 봐도 아득한 곳
을 3개월이나 길치에 똥손인 엄마를 데리고 다니려면 얼마
나 긴장되었을지. 늘 경계를 늦추지 않고 크고 작은 결정을
하면서 건강하게 걱정 에너지를 분출한 것이 아닐지. 순전
히 나의 해석이다.

과연 그 똥손 엄마는 베네치아의 한 호텔에서 욕조를 가
린 유리 파티션이 갑갑해서 손으로 살짝 밀었다가 한쪽이
떨어지는 바람에 80유로를 변상한다. 집이라면 실리콘 한
방이면 될 일이었지만 말이 통하지 않는 외국에서, 인건비
도 비쌀 텐데, 잠시 아연했다. 그것이 우리 여행에서 가장

큰 사건이었다. 아일랜드 골웨이의 남남 커플 에어비앤비에서는 딸이 커튼을 젖혔는데 벽에 고정되어 있던 커튼봉이 떨어졌다. 주인이 출근하고 없는 때라 메모를 해놓고 그날치 관광을 하는 동안 짠순이가 얼마나 속이 탔을 것인가! 다행히도 커플 중에서 시원하게 생긴 쪽이 관대하게 그냥 넘어가 주었다.

3개월 여행 갔을 때는 절반을 에어비앤비를 이용했는데, 천차만별의 공간과 주인장을 만났다. 개중 커튼 사고가 있었던 아일랜드 집은 최고였다. 워낙 집이 예쁘게 정돈되어 있고, 엘리트 회사원 같은 두 주인에게 신뢰가 가서 방문도 안 잠그고 잤을 정도였다. 적정 보상과 유머와 호의를 골고루 겪으면서 사건사고가 일어나면 그에 걸맞은 대응을 하면 되지 미리 걱정할 일이 아니라는 것을 깨달은 것이라고 나는 믿는다. 사람들은 그걸 성숙이라고 부르고, 딸은 여행하면서 성숙한 것이다.

짜증이 나서 기도하는 척하고
눈물이 줄줄

여행을 다니다 보면 아무리 신경을 쓴다고 해도 오늘 날짜와 요일을 알 수가 없다. 핸드폰으로 확인해보지만 금세 또 잊어버린다. 원래 출근하는 생활을 한 것이 아니므로 달력에서 자유로운 편인데도 완전히 시간 개념에서 벗어난 것이 신기하기도 하고, 살짝 두렵기도 하다. 시간에서 자유로워지고, 일체의 현실적인 문제에서 벗어나니 공중부양이라도 한 것처럼 의기양양하면서도 혼미한 것이다. 여행지에서는 심지어 덩치에 대한 개념도 흔들린다. 한국에서는 내가 과체중이지만 유럽 치수로 스몰을 입기도 하고, 상대적으로 외모에 너그러운 분위기라 이십 년 만에 반바지를 입는 식으로 내가 아닌 나를 즐길 수 있다.

어쨌든 여행지에는 나의 현실이 없다. 시간에서도 벗어났다. 이 자유를 가지고 오직 즐기기만 하면 된다. 세상에 즐기는 것이 과업이라니, 세월호 아이들을 생각해서라도 온전하게 그 과업을 완수하고 싶은데 즐기는 것도 마냥 쉽지는 않다. (2014년 5월. 세월호 참사 직후에 떠났을 때 자주 괴롭고, 더욱 비현실감을 느꼈다.)

무엇보다도 아는 것이 없어서 못 즐긴다. 리투아니아의 빌뉴스, 도시와도 궁합이 있는지 버스를 타고 들어서는데 벌써 편안하다. 발트 3국의 다른 수도 탈린과 리가가 조촐해도 너무 조촐해서 발걸음이 아깝던 차라 만족도가 더 올라갔을 수도 있다. 거리에는 미인들이 흘러넘친다. 사진 찍어도 되냐고 물으면 수줍게 승낙하거나 발랄하게 포즈를 취하는 모습이 지극히 건강하다. 관광지로서 농익어 물러터진 것이 아니라 이제 막 꿈틀거리는 변화가 느껴진다. 뭉툭한 돌이 깔린 보도와 고풍스러운 건물이 연출하는 골목처럼 유럽에 차고 넘치는 풍경은 여전했으나 소박하고 은근한 기품이 최고였다.

1579년에 세워졌다는 빌뉴스대학은 아주 좁았다. 붉은 지붕의 높지 않은 건물이 저마다 중정을 껴안고 퍼즐처럼 이어지는 풍경은 대학이라기보다 현자의 마을 같았다. 처음에 들어간 성당 건물은 어디에서도 느끼지 못했던 감동을 주었다. 입구에 들어서자마자 울려 퍼지는 웅장한 음악에 압도되었으며, 실내에 즐비한 초상화와 부조도 모두 예술품 수준이었다. 책이나 악기를 껴안은, 아마도 이 대학이 배출했을 인물을 기린 부조가 얼마나 세련되고 현대적인지 나는 한눈에 반해 버렸다. 햇살이 따가운 바깥에 비해 갑자기 서늘해진 기온 탓도 있었을 것이다. 돌연 차분하고 서늘한 기운에 울림 좋은 음악이 나를 감쌀 때 나는 좀처럼 느끼지 못하는 경건함에 휩싸여 눈물을 글썽거렸다. 수고하고 짐 진 자들아, 모두 내게로 오라고, 우리가 지은 죄를 사하여 주고자 안타까운 동작을 하고 있는 성자의 품에 안기고 싶은 심정이었다. 주여! 제가, 그리고 그들이 아직 모르고 있을 뿐이옵니다. 우리를 받아들여 주옵소서!

입장료 2000원을 못 쓰게 하다니

그날 그 눈물은 짜증에서 비롯된 것이었다. 딸은 입장료에 엄청 예민해서 그 많은 여행을 다니면서도 입장료가 있으면 일단 패스! 결코 건너뛸 수 없는 곳에만 들어가곤 했는데 빌뉴스대학에 입장료 5리타(2000원)가 있었던 것이다. 고작 2000원인데도 굳이 빌뉴스대학을 봐야겠냐는 딸의 말에 짜증이 확 올라왔다. 딸의 스타일을 모르는 것도 아니고, 절약해서 나쁠 것 없는 배낭여행자의 입장이니 대부분 수용하지만, 그날 내 컨디션이 안 좋았거나, 몇 건의 소소한 잔소리가 쌓였거나 해서 욱한 것을 겨우 눌러 놓았는데 성당 분위기에 젖는 순간 눈물이 줄줄 쏟아진다. 당시 스물여섯 살이던 딸이 오직 경제에 근거해서 여타의 경험을 차단하는 태도가 안타깝고 속상했다. 잔소리에 민감한 내가 발끈한 것도 있다. 물려줄 것은 없지만 굶어 죽는 것도 아닌데 너무 깐깐하게 구는 것에 나 혼자 최대치로 반응했던 날, 빌뉴스 대학이 좋으면 좋을수록 너무도 다른 기질이 무겁게 다가왔던 기억.

천장화가 돋보이는 도서관 건물도 강한 인상을 주었다. 공간은 협소해도 몇백 년 전에 그려진 그림이 너무 모던하고 유니크해서 시선을 빼앗긴다. 구체관절 인형 같은 인물들이 수건으로 눈을 처매고 서로를 찾아 헤매거나, 우물 속에서 두레박을 든 팔이 쑥 솟아오르는 식의 그림에 매료되어 유물이 산적해 있던 이탈리아나 튀르키예에서보다도 꼼꼼하게 천장화를 뜯어보았다.

이래저래 빌뉴스는 가장 기억에 남는 여행지 중 하나가 되었다. 규모가 크고 중후한 외양인데 파레트에 침대 매트를 올려놓는 식으로 검박하던 게스트하우스에 밤새 클럽음악이 울려 퍼졌고, 아침에는 창밖으로 마라톤 행렬이 보여 활기가 느껴지던 곳. 그때를 정점으로 우리는 부딪히는 일이 줄어들었다. 엄마 딸로 만난 연식이 쌓일수록 서로의 스타일을 속속 알게 되어 어디쯤에서 멈춰야 하는지를 알게 된 거다.

엄마 때문에 여행을 망쳤다며

내가 쓴 글이라 어쩔 수 없이 나에게 편파적일까봐 숱하게 여행을 다니는 동안 딸이 격하게 반응했던 장면을 하나 소개해본다. 2018년 연말 태국 빠이에서 치앙마이로 들어오는 길이었다. 미니버스로 산골길을 세 시간 굽이굽이 넘어오는데, 뒤에 앉은 인도인 모녀가 쉬지 않고 얘기를 하는 게 영 거슬린다. 일단 참았고, 참다못해 점잖게 입술에 손가락을 대고 쳐다보았는데도 소음이 계속되자 설전이 시작되었다. 조금만 조용히 해달라고 말하니 굵직한 남자 목소리가 "Why?" 하며 끼어든다. 모녀와 일행인 모양이었다. 짧은 영어로 버벅대는 것이 다른 승객들에게 소음이 될 듯하고, 좁고 닫힌 공간에서 내가 내는 소음이 다른 이들에게 민폐가 될 수 있다는 전제가 그들에게 아예 없다는 것을 알아채고 몇 마디 하지 않고 서둘러 그만두었다.

그런데 버스에서 내린 후 딸의 분노가 상당했다. 참을성 없이 일을 만드는 엄마 때문에 신경 쓰이고 조마조마해서 많이 힘들었던 모양이다. 버스에서 말씨름하면서 그들이 내 여행을 망쳤다고 하던데, 그게 아니라 내가 자기 여행을 망쳤다는 말까지 했다. 평소에 자기표현을 거의 안 하던 애가 불같이 화를 내는 바람에 좁은 버스에서 얼마나 힘들었으면

저럴까 미안하고 민망해서 죽는 시늉을 했다.

이제 와 생각하니 그때가 딸이 막 30대가 된 시기이네. 분노의 크기도 크기지만 딸이 감정적으로 나에게 맞설 수 있게 된 것이 아닐까, 글로 쓰다 보니 정리가 된다. 앞에서도 얘기했듯 여행지에서는 화를 길게 낼 수가 없다. 다음 날 딸은 무슨 일 있었냐는 듯 심상하게 굴었다. 그나저나 그 인도인들은 공공장소에서 매너보다 개인의 권리가 더 중요하다고 배운 걸까? 아니면 계급이 높아서 안하무인이었던 걸까?

생전 처음 타는 스키를 혼자 타러 갔다고?

딸의 수영 포즈는 완벽하다. 친가 외가를 다 훑어봐도 두드러지게 운동을 좋아하는 사람이 없고, 아들도 나 닮아서 몸 쓰는 일에는 젬병인데 딸은 누구를 닮았는지 운동 마니아다. 사회복지학과를 나왔지만 전공을 살릴 생각은 아예 없고 회사에 매일 생각도 없었던 딸은 20대에 주로 알바를 했다. 약국, 피자집, 쌀국수집, 마트…. 딸의 알바 목록 중에는 승마 도우미도 있다. 돈 들이지 않고 말과 친해질 수 있는 방법을 찾아보니, 말을 갖고 다니며 초등학생들에게 승마를 지도하는 업체가 있더란다. 체험학습 수준일 거라고 짐작이 되는데 딸은 1년 넘게 그 일을 하며 말을 꽤 잘 타게 되었다.

자전거도 제법 타서 수원에서 강릉까지 라이딩(편도)을 한 것이 제일 장거리를 뛴 것이다. 심지어 보트 운전을 하고 싶다며 가평에 있는 수상스포츠 업체에 취직한 적도 있는데 웨이크보드를 타다 발을 접질려서 두 달 만에 돌아왔다. 아무래도 자기가 빨리 배우고 잘하니까 그렇게 스포츠에 빨려 들어갔겠지? 성장기에는 조금의 기미도 없었는데, 참으로 신기하다. 이 모든 것을 누군가와 어울려 시작한 것이 아니라 오로지 혼자 결정하고 시도한 것이 놀랍다. 수영도 꾸준히 했는데 여행 중에 수영만큼 요긴하고 돋보이는 운동이 없다. 튀르키예나 베트남에서는 수영장 딸린 숙소도 접근 가능하니까 딸에게는 수영장의 유무가 숙소를 고르는 요인이 되기도 했다. 나로서는 그저 부러울 따름이었다.

호텔 수영장에서 수영을 하는 사람은 생각보다 많지 않다. 아침을 먹기 전에 한 타임 수영을 하고 오거나 수영장을 독차지하고 유유하게 즐기는 딸을 보면 너무 보기 좋았다. 딸은 스키를 독학했는데(수영은 초기에 강습을 조금 받았다고) 난생 처음 타는 스키를 혼자 가서 무작정 중급 코스에서 탔다니 실로 감탄스러운 일이지만, 걱정도 되고 무엇보다 안타까웠다. 누가 처음 타는 스키를 혼자 탄단 말인가!

그렇다. 우리 모녀는 사람들과 어울리는 것을 즐기지 않는다. 딸이 대학 다닐 때 검도를 시작하더니 누군가와 같이하는 운동이 불편하다며 곧바로 그만두었을 정도이다. 나로 말하면 "거리 두기가 제일 쉬웠어요!"가 되려나. 사방 2미터 안에 누군가 들어오면 불편해서 좌불안석이다. 60대가 되면서 많이 달라지고는 있지만 좀처럼 사람들과의 연결고리를 느끼지 못한다.

젊어서 시골에 들어가 여름에는 장미를 키우고 겨울에는 소설을 쓰며, 위대한 소일거리 두 가지를 만난 것을 찬양하는 마루야마 겐지를 보고, 내가 비슷한 성향을 가졌다고 느낀다. 내가 자연과 창작에 심취하는 자급자족형이라면 딸은 나보다는 사람을 필요로 하는 것 같다. 키운 지 10년이 넘은 고양이를 아직도 애지중지하거나, 절약이나 운동 때문에 나를 닦달할 때 그렇게 느낀다. 친구가 아니라면 신하라도 필요한 유형이랄까. 딸은 실실 웃기기도 잘하는데 절묘한 유머에 성공할 때면 진짜 혼자 듣기 아깝다. 메모하지 않으면 모조리 잊어버리는 것이 아까워 딸의 어록을 기록할 때도 있는데 이런 것이 생각난다. 내가 뒷목이 뻣뻣해서 걱정하는 소리. "이 상태로 점점 더 굳으면 어떻게 되는 거지?" 딸의 명쾌한 대답인즉, "그냥 한명석 되는 거지 뭐." (부연설명이 필요하신지요? 하나의 밝은 돌^^)

아! 내가 딸보다 몸을 잘 쓰는 때가 없지는 않네. 나는 진짜 음치인데도 신명이 좋아서 막춤을 즐긴다. 2015년 튀르키예 페티에 출발 보트투어를 나갔을 때다. 8시간 동안 4개의 섬을 도는데, 찬란한 햇살 아래 새파란 물, 하얀 요트가 그림 같은 곳에서 사람들이 다이빙을 했다. 딸도 누구보다 멋지게 몸을 날렸다. 나는 선상에서 춤을 추었다. 튀르키예 아저씨들이 먼저 시작했고 나도 일어섰는데 글쓰기 팀을 모아서 6명이 갔을 때라 호응이 좋았다. 전에도 비슷한 상황에서 낯선 여행객들이 서로 눈치만 보다 만 경우가 있었는데 그때는 우리 일행 중 세 명이 판을 휘어잡고 확실하게 놀았다. 2층 운전실에서 우리가 빤히 보이는 구조였는데 〈강남 스타일〉을 틀어주니 그 배려에 호응하느라 더 열심히 놀았다. '이제부터 갈 데까지 가보는 거야~' 하는데 별수 있나? 전신을 부르르 털거나 격하게 머리를 흔들다 일행과 엉덩이를 부딪친다. 내 동작이 격해지면 구경꾼들에게서 오~ 하는 감탄이 터져 나와 그 와중에도 큭큭 웃음이 나왔다.

주변머리 없고 운동신경은 더 없는 내가 리듬을 타는 것이 딸은 신기한가 보다. 제가 춤에는 영 소질이 없으니 더 그렇겠지. 어쩌다 딸이 춤추는 시늉을 하면 막대기처럼 뻣뻣한 동작에 큭큭 웃음이 나온다. 그 틈을 놓치지 않고 딸이 한방 날린다.

"이제 엄마가 노래할 때 내 기분 알겠지?"

새티스파이어 vs 맥시마이저

딸과 나의 기질적 차이에 대해 아하! 발견을 한 것은 2011년 베트남에서였다. 음력설에 갔더니 그쪽도 명절이라서 숙소를 구하기가 어려웠다. 나는 처음 본 호텔이 마음에 들었다. 이미 베트남에서 며칠 지내보았으므로 현지 시세도 조금은 알 것 같았고, 우리 예산 안에서 이 정도면 되겠다 싶었다. 나는 후딱 정하고 기분 좋게 만족한다. 딸애는 무려 열 군데라도 보고 또 본다. 어지간한 곳이 나와도 또 다른 곳을 보고 싶어했다.

여행 가면 딸이 제일 바쁘고 하는 일이 많으므로 비위도 맞춰줄 겸, 너 하고 싶은 대로 하라고 마냥 쫓아다녔다. 죽어라 하고 돌아다니다가 드디어 딸도 처음 본 곳이 제일 괜

찮다는 생각을 하게 되었다. 큰길을 따라 제법 갔던 길을 되돌아왔지만 그 방은 이미 나간 뒤였고, 같은 가격에 제일 못한 곳을 고르는 일이 벌어졌다. 후반에도 괜찮은 곳이 있었지만 너무 멀어서 돌아갈 수가 없었던 것이다. 이때다 하고 한마디했다.

"무조건 사례를 많이 모으고 신중한 결정을 하는 것이 늘 옳은 것은 아니야. 일에는 경중이라는 게 있으니, 오랫동안 살 집을 구하는 것과 이삼일 묵을 숙소를 구하는 것은 다른 문제지. 능소능대라고 하듯이 일의 비중에 따라 유연한 태도를 갖는 것이 필요하고, 이만하면 되었다 싶은 기준을 정하고 시간을 활용하는 것도 좋다고 생각해. 살다보면 네 기질상 이런 상황에 자주 부딪힐지도 모른다는 생각이 들어. 나는 나대로 너무 빨리 결정한 것을 후회할 때도 있겠지. 결국 자기 스타일대로 살되 자기가 결정한 것에 책임지고 누릴 수 있으면 되겠지만, 네 기질이 너무 강하니 이번 일을 잘 기억해두면 좋겠어."

그때는 이렇게 우아하게 말하지 못했다. 다분히 즉흥적이고, 빠르게 결정하지 못하면 힘들어하는 내 성격상 혈압이 오를 대로 올랐기 때문이다. 딸의 신중함과 준비 능력에 한참 못 미치는 내가 돌아봐지고, 주도성이 넘어가는 데 대해 예민해 있던 때이기도 했고.

그 후에 문화심리학자 김정운의《나는 아내와의 결혼을 후회한다》에서 새티스파이어와 맥시마이저라는 개념을 접하고 무릎을 쳤다. 딱 나와 딸의 이야기였다. 새티스파이어는 자기 기준에만 맞으면 즉각적인 만족을 잘하고, 맥시마이저는 여러 사례를 수집하고 싶어하는데 아무리 해도 더 많은 사례가 있다는 것을 알기에 좀처럼 만족하지 못하는 경향을 말한다고 한다. 그다지 심도 있게 다루어지지는 않았어도 이런 개념이 있다는 사실만으로 마음이 뻥 뚫리는 것 같았다.

나는 만족을 잘한다. 책과 사람, 음식과 장소… 모든 대상에게서 나를 자극하는 포인트를 하나 발견하면 즉각 몰입하고, 그 한 가지 때문에 나머지 것들을 무시하는 버릇이 있다. 내 사고 패턴은 속단이 기본이라고 하겠다. 이런 기질 때문에 대체로 행복하고 만족스러운 시간을 보내지만, 초기 감정이 사라진 인간관계처럼 뒷수습을 해야 할 때도 많았다. 물건을 잘못 산 경우는 부지기수이고. 문제는 내가 이런 사람이 되기 위해 아무런 노력도 하지 않았다는 점이다. 나는 저절로, 어쩔 수 없이 내가 된 거다. 내가 이렇듯이 딸도 자기가 타고난 기질에 복무하고 있다는 것을 나는 알았다.

우리 모두 DNA의 숙주일 따름이었다.

흥미로운 것은 나와 딸에게서 극명하게 드러나는 기질이 외향성 내향성만큼이나 사람을 이해하기 좋은 관점이라는 점이다. 작가의 기본 스타일을 구분하는 데도 이와 비슷한 포인트가 거론된다. 새티스파이어는 '이미지' 작가와 닮았다. 이미지 위주로 사고하는 작가는 '차창 너머로 빠르게 지나가는 풍경만 보고도 그곳에 대해 안다고 생각'한단다. 이 표현을 접하고 소리 내어 웃었으니 딱 나였기 때문이다. '언어' 위주로 사고하는 작가는 치열하게 끝까지 파고든다. 그에게 섣부른 만족이나 성급한 화해는 없다. 어떤 분야에서든 걸출한 성과를 남기는 사람이 여기 속할 것은 당연하다.

우리도 그랬다. 숙소든 차편이든 하다못해 밥 한 끼를 먹을 때도 마음에 들 때까지 검색을 하고 결정하는 딸 덕분에 딸과 다니면 무사통과이다. 딸은 이동과 맛집을 책임지는 해결사이다. 그것도 지극히 유능한.

첫 번째 여행 이후로 15년이 다 돼 가니 우리는 서로의 기질을 인정하고 배려하는 데 능숙해졌다. 기질은 달라도 원하는 것이 같을 때도 많다. 코로나 이후(2023년 초) 태국 후아힌에 갔을 때 지은 지 오래되었지만, 단지 넓고 경비원도 있어서 혼자 있어도 편안한 숙소를 얻었다. 나는 즉각 만족하고 옮길 생각도 없는데 딸은 다른 호텔을 알아보고 싶어서 좀이 쑤신다. 이 호텔에 만족하지만, 호텔방 구경하는 재미도 누리고 싶고, 무엇보다도 더 좋은 곳을 놓칠지도 모른다는 강박이 있어 보인다. 그래서 서너 군데 보러 다녔지만 딸도 인정할 수밖에 없었다. 소박하지만 방이 넓은 지금 호텔이 우리에게 최선이라는 것을.

이제 나는 딸의 습관을 존중한다. 무수한 검색을 통해 있을지도 모를 문제점을 사전에 걸러내니 얼마나 고마운 일인가. 내가 못하는 일을 해주는 딸의 노고에 감사하며, 딸이 애쓴 결과를 닦치고 누리되 혹시라도 딸이 놓치는 것이 있으면 슬며시 보완하고, 너무 간다 싶으면 브레이크를 거는 것으로 내 역할을 하려고 한다.

생판 다른 모녀가 만나는 지점

무섬증이 있지만, 강한 여자가 멋있어

2019년 여름 동해안 여행을 다녀와서 사진 정리를 하다 웃기는 일이 있었다. 분명히 내 모습인데 그런 옷을 입은 적이 없는 사진이 찍혀 있었다. 자세히 보니 내가 아니라 딸인데 사진이 살짝 밀려서 그렇게 보이는 거였다. 체형이 똑같은 모녀도 많지만 딸은 나보다 7센티미터가 큰 대신 12킬로그램이 덜 나가서 우리는 전혀 다른 줄 알았다. 그런데 딸의 체중이 늘기라도 하면 나와 똑같아진다는 얘기가 아닌가. 딸의 날씬한 체형에 나의 유전자가 박혀 있다니, 신기하기 그지없었다. 내가 박장대소를 하며 사진을 보여주자, 딸도 수긍하는지 별말 없이 피식 웃는다. 딸이 어려서는 누가 나 닮았다고 하면 대놓고 싫어했다. 나는 얼굴이 크고 넓적한데 딸은 갸름해서 나도 별로 닮지 않았다고 생각하며 지낸다. 타고난 성격과 기질은 또 얼마나 판이한가! 우리 모녀가 서로 잘 맞지 않는다고 애들 아빠가 말한 적이 있다. 애들 아빠는 무슨 일이 있으면 종종 점을 보러 가서 의견을 구하는 편이었는데, 아마 사주를 본 게 아닌가 싶다.

앞에서 누누이 쓴 것처럼 우리의 기질은 완전히 다르다. 조심성과 성실도, 단순/복잡, 외부 자극에 대한 반응 속도… 모든 면에서 다르니 점을 보지 않아도 피부로 느낀다. 딸이 20대가 되어 자기표현을 시작했을 때는 성장기에 나에게 핍박받았다며 억울해하기도 했지만 다행히도 소통 수준이 점점 깊어지고 있다. 우리가 다르기만 한 것은 아니었던 것. 지금 대략 꼽아 봐도 여행을 좋아하고, 무섬증이 있고, 강한 여자를 좋아한다는 점이 닮았다.

가까운 곳에 있는 절터로 산책 갔을 때가 생각난다. 당진 안국사지는 기대 이상의 풍광을 보여주었으니 하늘이 내린 바위정원이었다. 지형적으로 바위가 많은 곳이었으리라. 고래 모양으로 길게 누운 바위는 어디에서도 본 적이 없는 크기에 자비로운 자세로 감탄을 자아냈다. 그 정도는 아니라도 알부자의 정원에 조경석으로 놓임직한 바위가 즐비했다. 건물은 유실되고, 석불입상이 셋에 석탑이 하나 있는데 각각 보물로 지정되었단다. 중앙의 불상이 얼굴과 몸이 하나의 돌로 이루어졌다거나 석탑이 유독 두툼한 것으로 보아 주변에 넘쳐나는 바위로 조각했으리라. 그 옆으로 절집의 주춧돌이 촘촘하게 남아 있는 것도 그리스의 신전 터만큼이나 신성해 보여 바위정원에서 받은 감동이 나를 감쌌다.

우리는 절터 뒷산으로 천천히 걷기 시작했다. 잠시 걷자는 말 한마디 없이 누구 한 사람이 발을 내딛으면 다른 사람이 따라가면 그만이다. 그리 높지 않은 산이라 20분도 안 되어 능선 위로 하늘이 보였지만 어찌나 고즈넉한지 슬슬 무섬증이 올라온다. "어디까지 갈 거야?" 딸도 같은 생각인지 이런 말을 한다. 그 말이 들리자마자 내가 쌩하니 몸을 돌린다. "여기까지." 그러자 딸이 더 서두는 기색을 하며 앞장서서 내려간다. "내가 질 것 같아? 다음에 총 들고 오자….." 총은 웃자고 하는 말이지만 우리의(내가 더 심하다) 고질적인 무섬증은 국가대표 '끕'이다.

총이라고 하니 영화 〈안토니아스 라인〉이 떠오른다. 4대에 걸친 모계가족을 그린 영화를 둘이 푹 빠져서 보았다. 주인공이 진짜 장총을 들고 누군가를 응징하던 장면이 생생하다. 스스로를 지키는 여자가 멋있다. 총은 그러고자 하는 의지의 상징이다. 딸은 인생 2회차답게 좀처럼 목소리를 높이는 일이 드물지만 이렇게 강한 여자 주인공에 매료될 때는 신이 나서 데시벨을 높인다. 2019년 드라마 〈검색어를 입력하세요 www〉를 볼 때 어찌나 좋아하던지 낯설 정도였다. 딸이 좀 더 자주, 조금은 편하게 자기감정을 드러내기를 바란다.

모녀로 만났지만 서로 독립된 개체이자 보편적인 인간인데 같으면 얼마나 같고, 다르면 또 얼마나 다를까. 날씬한 딸의 사진이 밀렸는데 덩치 좋은 내 모습이 나온 것처럼 우리는 다르면서 같고, 같으면서 다르다. 그동안 함께 지내면서 느낀 것으로는 컨디션이 안 좋거나 문제가 있을 때 다름이 두드러지지, 컨디션이 좋고 일이 잘 풀릴 때는 다른 것이 문제가 되지 않더라. 누구라도 상태가 좋을 때는 포용의 정도가 커지기 때문이다. 마음에 화를 키우지 말고, 늘 명랑하려고 애쓰며, 작은 일에라도 성공하는 습관을 들여야 할 이유가 거기에 있다.

"엄마 같은 짓을 할 뻔했어."

이 말은 바로 옆에 더 싼 물건이 있는데도 비싼 물건을 살 뻔했다는 소리다. 딸은 낭비를 싫어하고 물건 고르는 것을 좋아해서, 가성비 좋은 상품 고르는 것이 취미가 되었다. 같이 마트에 가면 샴푸든 마요네즈든 내가 무심히 골라 놓은 물건을 다시 제자리에 갖다 두고, 그램당 단가가 낮은 것을 귀신같이 골라 오는 바람에 난 아예 뭘 고를 생각을 하지 않는다. 마트에 산책하러 간다. 생필품이 떨어져 간다고 말만 하면 척척 대령이니 우렁각시가 따로 없다. 질 좋은 상품이 한시적으로 저평가된 것을 발견하면 거의 희열을 느끼고 그냥 지나치기가 힘든 듯, 아직 필요하지 않은 내 운동화를 사기도 잘한다. 기분파인 내가 마음에 드는 물건을 발견했을 때 느끼는 지름신을 딸은 가성비 좋은 품목에서 느끼는 모양이다.

요즘은 인터넷으로 구매하거나 예약하는 일이 잦으니 굼뜬 나는 무얼 살 일이 거의 없다. 여행 중에 식당을 고르는 일도 그렇게 딸이 맡게 되었는데 점점 성공률이 높아지고 있다. 우리의 목표는 동네 맛집을 찾는 것이다. 유행에 편승

하는 관광지 음식이 너무 빤질빤질해져서 맛도 없고 정도 없는 것은 해외나 국내나 마찬가지라 이웃이 인정하는 동네 맛집의 웅숭깊은 맛을 그리워한다. 여기에 대해서는 젊은 애가 어떻게 나보다 더하다. 나는 꽤 경륜이 있어 보이는 집이라도 너무 허름한 집은 기피하는데 딸은 전혀 상관하지 않는다.

선운사에 갔다 들른 정읍의 순댓국 집을 어찌 잊으랴. 그건 딸의 명백한 쾌거였다. 딸이 검색한 식당 앞에 섰을 때 선뜻 들어가기가 망설여졌다. 간판도 없는 집이 옹색하기 짝이 없었다. 하지만 딸은 태연하게 앞장서며 한마디한다. "왜? 허영만이 다녀갈 만한 집이구먼." 실제로 그랬다. 출입구에 비해 안쪽으로 공간도 넓었고, 근처에 간다면 순전히 그 집을 위해 길을 돌아서라도 다시 가고 싶을 정도로 진짜 음식을 내놓는 집이었다. 전에 배달 음식 안내 소책자를 넘기다가 무슨 음식에나 치즈로 범벅을 해 놓아서 국적 불명, 정체불명이 된 음식에 구토감을 느낀 적이 있는데 그런 음식과 정반대에 있는, 소머리 돼지머리를 오랜 시간 고아서 만든 음식다운 음식이었다는 뜻이다. 당면 같은 것을 빼고 피만 넣어서 만든 피순대는 담백했고, 고기 반 국물 반인 순댓국은 고기도 국물도 너무 맛이 있었다. 순하면서 깊은 맛.

우리는 다른 메뉴가 궁금해서 소머리국밥을 하나 더 시켰는데 그것도 정갈하고 고소한 것이 종갓집 수준이라, 도대체 이렇게 허름한 식당에서 어떻게 이렇게 고급스러운 맛을 내는지 고마울 지경이었다.

우리의 맛집 순례는 먹고 난 뒤 품평회로 이어진다. 어떤 구성으로 시켰으면 더 완벽한 주문이 되었겠다는, 사후에만 가능한 모범답안을 내놓으면서 먹어보지 못한 메뉴에 대한 서운함을 달래는 것이다. 이렇게 오답노트까지 작성하는 습관은 다른 곳 다른 맛집에서 더 완벽한 주문을 하게 만들어주리라.

"어쩌면 이렇게 식당 검색을 열심히 해?"

한번은 딸의 노고에 기대어 혜택만 누리는 게 미안해서 한마디했더니 이런 대답이 돌아온다.

"그럼, 내 돈 내고 먹는 건데 만족해야지."

딸의 가성비 제일주의가 나의 가심비 제일주의까지 만족시킨 것이었다.

딸아, 나 이렇게 깊이 사귀는 사람 네가 처음이야!

2박 3일 여행을 떠나는 날, 딸은 일찍 출발을 못해서 안달이다. 내 혈압약이 떨어져서 병원에 들러야 하느라 지체하는 게 싫은 거다. 여행지는 일찌감치 평창으로 정해졌다. 스키장 콘도가 세일가로 나온 게 있어 겨울 여행으로 적합해 보였다. 딸은 스키를 타고, 나는 집만 아니면 어디라도 좋았다. 3개월간 와 계시던 엄마가 서울로 가신 직후였다. 병세가 완만하게 진행되고 성격도 순하기 그지없지만, 오랜 파킨슨병에 막 치매가 시작된 엄마에게 온 신경을 기울여야 했다. 3개월 동안 내가 가장 그리워한 것은 딸이 운전하는 차에 앉아 휙휙 빠르게 지나가는 풍경을 바라보는 것이었다.

일찍 출발해서 횡계에 가서 병원에 들르자는 둥 딸이 몇 번이나 말을 붙였지만 나는 밀리지 않았다. 이제는 알게 된 것이다. 내가 천성이 늘어져서 무슨 일이든 내 속도보다 빨라지면 힘든 것처럼, 딸은 빠릿빠릿하게 타고난 데다 한창 젊은지라 늘어지는 게 싫은 거였다. 빨리 시작하고, 많이 움직이는 것이 효율적이겠지만 늘 그렇지는 않다. 지난번에 대관령 목장에 갔을 때 문을 열지 않아서 30분이나 기다려야 했던 일 같은 경우다. 화급을 다투는 일이 아니라면 기질에 맞춰 사는 것이 최선이고, 다니던 병원에 들렀다 가는 것이 합리적이라 여유 있게 내 의견을 관철할 수 있었다.

여행지에서는 딸이 더 부지런해진다. 공들여 멀리 갔고, 두 번 다시 가기도 어려울 테니 그 태도가 맞다고 생각해서 할 수 있는 한 맞추려고 노력한다. 늘 서둘고 앞장서는 딸 덕분에 정말 많은 것을 누렸지만 이제는 미세한 차이를 감지하기도 한다. 나의 늘어짐이 구제 불능이라면 딸의 부지런 또한 맹목일 수 있다. 때로는 습관적으로 서둘기도 하고, 뭔가를 해야 하는 게 강박이 된 것도 같으니 반대편에 서 있는 내가 적절하게 브레이크를 건다.

요즘은 그런 노력을 할 필요도 없이 대체로 물 흐르듯이 속도감이 맞는다. 상대방이 선호하는 것을 알고, 취약한 구석도 알게 되었기 때문에 어렵지 않게 타협할 수 있다. 드디어 딸도 평창에서 그다지 볼 데가 많지 않다는 것을 인정하고 평상 속도를 되찾는다. 대관령 목장에 다녀온 지 얼마 안 되었으니 다른 목장에 가기에도 그렇고, 오대산 옛길은 둘째 날에 가면 된다. 평창에 오가는 길에 충주, 제천, 원주 중에서 엄마가 꽂히는 데를 골라보라고 한다. 내가 메인 코스를 고르고 딸이 추가하면서 우리의 여행 일정이 정해진다.

충주를 지나는데 슬슬 배가 고프다. 딸이 차를 멈추고 폭풍검색에 들어가더니, 쌈밥과 순댓국 중에서 정하라고 한다. 나는 그보다는 가볍게 먹고 싶어 짜장면도 괜찮겠다고 대답한다. 마침 길옆에 맛집 포스를 풍기는 중국집이 있고, 딸이 검색을 통해 합격점을 준다. 딸은 짬뽕, 나는 짜장을 시키고, 가방에서 귤을 두 개 꺼내, 코로나 시절이라 챙겨온 일회용 장갑 옆에 놓으니 대단한 테이블 세팅이라도 한 것처럼 흐뭇하다. 앞접시에 서로의 음식을 나누어 교환한다. 짬뽕 국물은 시원하고, 온통 양파뿐인 간짜장도 맛만 좋다. 어떤 산해진미도 따라올 수 없는 만족감이 번진다.

아침에 딸의 급발진을 내가 막았다면, 오후에는 딸이 나의 과도한 무섬증을 커버해 주었다. 제천의 정방사(淨芳寺)는 금수산(錦繡山, 1016미터) 자락인 신선봉(神仙峰, 845미터)에서도 청풍(淸風) 방면 도화리(桃花里)로 뻗친 능선에 자리하여, 가히 그 이름값을 하는 전망을 보여주었다. 절로 올라가는 진입로가 나무 반 바위 반이라 신의 손길로 조경을 한 듯 운치가 있어 감탄을 거듭해 놓고도 막바지에 올라가기가 망설여졌다. 온갖 사건사고를 접하며 상상력이 발달한 탓에 무섬증이 심한데 사방이 괴괴할 정도로 적요했다. 딸은 이런 나를 어린아이 달래듯 추스르며 등 떠밀어 데리고 올라갔다. 내가 결정해도 되었다면 나는 돌아오고도 남았을 것이다.

그랬더라면 비단결처럼 고운 능선이 열 겹이나 겹쳐진 수묵화 아래로 다소곳하게 숨어 있는 청풍호의 절경과, 처마 끝에 매달린 풍경을 쉬지 않고 흔드는 맑은 바람도 느끼지 못할 뻔했다. 천 년도 더 전에 2킬로미터도 넘는 산자락을 올라 깎아지른 바위산 아래 절집을 지은 신심에 대해서도 다시 한번 생각해보지 못할 뻔했다.

딸은 여행에서 최고의 취미를 만났다

나는 쳐다보기만 해도 무서운 시퍼런 바다를 서퍼들이 붕붕 날아다니고 있다. 빨갛고 노랗고 흰, 갖가지 색깔의 카이트가 지중해 빛깔 부럽지 않은 강릉 바다의 풍경을 완성시켜준다. 여남은 명 서퍼 중에 딸이 있다! 주황색 헬멧을 쓴다고 해서 열심히 눈으로 쫓아가며 사진을 찍어댔는데 가까이 스치는 얼굴을 보니 모르는 남자다. 내가 손을 흔들 때 본인도 손까지 흔들었는데 이상도 하지. 골프장 갤러리처럼 자기를 응원하는 줄 알았나 보다.

그 남자를 제외하면 주황색 헬멧은 하나뿐이라 이번에는

놓치지 않으려고 눈에 힘을 준다. 강릉에는 잘 타는 서퍼가 많아서 부딪치기 싫다고 먼바다에 나가서 탄다더니 겨우 사람 형태가 보일 정도로 아득해 보여 마음이 조마조마하다. 딸이 주로 타는 평택호나 춘장대라면 클럽 동료들이 챙겨주겠지만, 여기는 자기 '나와바리'도 아니고 망망대해에서 조난이라도 당하면 어쩌나 싶어 오래 쳐다볼 수가 없다. 게다가 딸이 물속에 자주 빠진다. 그때가 막 '포일보드'(보드 아래 막대기가 달려서 기존 보드와 생김새부터 다르다)를 시작한 직후라 그랬을 것이다. 서핑 시작한 지 2년이나 지나 처음 따라온 길이라 열심히 쳐다보며 응원하려고 해도 도저히 쫄밋거려서 볼 수가 없다. 수상스키처럼 신나게 수면 위를 질주하다 점프까지 할 때는 내 딸이 맞나 싶을 정도로 낯설고 감탄스러운데, 물에 빠질 때마다 가슴이 철렁거려서, 아이고 모르겠다 알아서 하겠지, 하고는 시선을 돌려버린다.

딸은 2011년 베트남 무이네에서 처음으로 카이트서핑을 보았다. 속마음을 잘 드러내는 편이 아니라 그렇게 매료된 줄 몰랐는데 2014년 아일랜드에서는 살짝 놀랐다. 그렇게 여행을 다니도록 뭘 두 사람이나 찍느냐고 사진 한 장 안 찍던 따님께서 정신없이 핸드폰을 눌러대고 있었던 것이다. 더블린 교외의 클론타르프 해변이었다. 거센 바람이 풀을 쓸고 다니는 평원의 끝에 바다가 있고, 거기 카이트서핑을 하는 사람들이 있었다. 바람이 어찌나 센지 서퍼의 몸이 날기라도 하듯 한참 동안 공중에 떠 있었다. 유독 해변이 광활해서 깃털구름이 좍 깔린 하늘이며 바다가 더 거대해 보이는 만큼 서퍼들이 대단해 보였다. 어휴, 저렇게 거친 스포츠를 즐기는 사람들의 속내는 어떤 것일까 싶어 공연히 가슴이 먹먹해지던 참이었다.

사실 나는 황홀할 정도로 멋진 풍경에서도 사진 한 장을 안 찍는 딸에게 좀 놀라고 있었다. 핸드폰이야 늘 손에 들려 있는 거고, 언제 여기를 또 오랴 싶은 이국적인 풍경에 마음이 동하면 얼결에 찍기도 할 텐데, 단 한 번도 자기 규칙을 어긴 적이 없는 딸이 인정머리가 없어 보여 살짝 질리기도 하고 염려도 되는 기분. 그런 딸이 사진을 찍고 있는 것이었다.

2014년에는 3개월 예정으로 런던과 동유럽을 돌아보는 여정이라 시간이 많았다. 그때 불가리아의 바르나까지 간 것은 카이트서핑을 배우기 위해서였다. 그런데 검색과는 달리 바람이 이동했다고 해서 시작하지 못했다. 서핑에 마음은 있되 아직 두려움이 가시지 않았던 딸은 별로 서운해하지 않았다. 그러고도 몇 년을 벼른 끝에 기어이 카이트서핑에 입문했다. 2019년이었으니 무이네에서 처음 접한 지 8년

만이었다.

이제 나만 잘 살면 된다

요즘 서핑은 딸의 전부이다. 할 수 있으면 선수로 뛸 생각
도 있을 정도로 그렇게 서핑이 재미있단다. 10미터 상공으로
날아올랐을 때 사위가 고요해지는 기분이 그렇게 짜릿하다
니, 딸은 내가 느끼고 있는 것보다 훨씬 더 매서운 데가 있는
지도 모르겠다. 아니면 안온하고 일상적인 삶으로는 도저히
채울 수 없는 우물 같은 갈증이 있거나. 이 지점은 내가 개성
에 비중을 둔 나머지 성실하고 반복적인 삶에 조금도 매력을
느끼지 못하는 것과 일치한다. 외모와 기질이 그렇게 달라도
아주 중요한 핵심에서 우리는 모녀가 맞는 것이다.

여하튼 카이트서핑이 딸에게 구원이 된 것은 분명하다.
동호회와 어울리며 훨씬 바빠지고 권태로울 틈이 없다. 무
엇에 흠뻑 빠지는 것은 주로 내 역할이었기에 그런 딸의 변
화가 감사하다. 지리와 언어, 화폐와 풍습, 모든 것이 낯선
곳에서 잠깐이라도 생활하려면 신경 쓸 일이 한두 가지가
아니었을 것이다. 번거로운 일은 모조리 딸이 하고 나는 여
행을 즐기기만 하는 역할이었다. 그곳에 흠뻑 빠져 즐기고,
잡문으로나마 기록해놓고 두고두고 꺼내보며 그리워하는

것도 나였다. 그러니 딸에게 미안할 때도 있었는데, 다행히 딸도 여행에서 소중한 씨앗을 얻은 것이다.

딸의 20대와 나의 50대를 관통한 것이 여행이었다면 이제 딸의 30대를 관장하는 것은 카이트서핑이다. 그 말은 내가 홀로서기를 해야 한다는 뜻이기도 하다. 높고 푸른 하늘의 공기를 맛보며 고요를 즐기는 익스트림스포츠 부족답게 딸은 모든 면에서 노숙하다. 생각이 깊고 시야가 넓다. 나만 잘 살면 된다.

지속 가능한 모녀 관계를 위하여

다녀가신 지 얼마 안 되었는데 또 오시겠다는 엄마의 전화를 받았다. 속으로 지겨움이 확 몰려왔다. 모녀 사이에도 권태기가 있다면 내가 50대 중후반이고 엄마가 70대 중후반이던 때가 그랬는데, 고장 난 레코드처럼 한 말씀을 또 하고 또 하는데 멀미를 내던 참이었다. 할 일이 있으니 좀 있다 오시라고 말씀드렸는데도 쑥 들어서는 엄마를 보고 내가 한 짓이라니···. 얼굴을 쳐다보고는 한마디 말도 없이 그냥 나가 버린 것이다. 옆에 있던 딸도 내 태도에 놀랐다고 한 그 장면이 두고두고 죄송스러웠다.

정작 엄마는 그 정도 무례에 마음을 다칠 수 없다는 듯 사 들고 온 열무를 무심하게 펼쳐놓고 있었다. 70대 시절의 엄마는 꼭 캔디 같았다. 다행히 그런 시기가 오래가지는 않았다. 몇 년 후 내가 늙고 있다고 느끼기 시작하면서 엄마의 노화를 이해하게 되었다. 아니, 이해를 넘어 갈수록 애절하게 감정이입을 하고 있다. 이제껏 나의 전 생애에 엄마가 함께했고, 내가 가야 할 길을 한발 앞서 보여주고 계시니, 엄마는 나의 과거이자 미래인 것이다.

많이 속상한 일이 있어서 10개월간 엄마와 연락을 끊은 적도 있다. 아니, 솔직하게 말하자. 엄마가 딸들을 제쳐 놓고 아들에게만 집을 물려주신 일이다. 그때 엄마는 내가 살던 수원의 병원에서 정기적으로 드시는 약을 받고 있었고, 보호자 연락처에 내 번호도 있어서 병원에서 문자로 알려온 방문 일자가 되면 어찌나 불안한지 없는 일이라도 만들어서 수원 바깥으로 나가야 했다.

엄마를 냉담하게 대한 데 대한 죄책감에 불편했던 마음을 달래준 건 이승욱이 쓴 책 《소년》이었다. 정신분석가가 쓴 성장기인데 진솔한 문체에 전문가의 식견을 더해 들려주는 이야기가 꽤 울림이 컸다. 저자가 어렸을 때 어머니가 한 행동에 대해 뒤늦게 분노하는 장면이 나온다. 고집이 센 저자의 버릇을 들일 생각이었는지 어머니가 무언가로 고집을 피우는 아들에게 집을 나가려면 입은 옷도 벗어놓고 나가라고 끝까지 밀어붙인다. 그 장면을 떠올리고 저자는 맹렬하게 분노하며 어머니와 6개월간 연락을 끊는다. 그러면서 '부모에게 화를 내도 괜찮은가?' 스스로에게 질문한다. 상대가 누구든 화가 나면 억누르지 않는 것이 정신건강을 위하는 길이겠지? 저자도 화를 낸 것을 보면 말이다. 이승욱의 글이 워낙 미더웠던 만큼 나는 종종 이 책을 떠올리며 자기합리화를 했다.

3개월간 유럽여행을 갔을 때는 돌아와서야 깨달았다. 내가 여행 중에 단 한 번도 엄마를 떠올리지 않았다는 사실을. 여행 중에는 그렇다 치고 모녀 권태기에는 엄마가 무슨 말을 해도 좀처럼 귀담아듣는 일이 없었다. 건성으로 대답을 하거나 야멸차게 부정하기 일쑤였다. 젊어서는 넉넉한 성품으로 큰살림하느라 늘 활달하고 목소리가 컸던 엄마는 나이 들면서 자식들에게 지레 순응하느라 잔뜩 오그라든 상태였다. 급기야 엄마가 여든 즈음에 내뱉은 소회는 충격적이었다.

"늙었다고 하도 뭐라고 하니까 죽었는지 살았는지 알 수가 없어."

어느 책에선가 사람들이 실제로 노화한 것보다 더 큰 폭으로 늙었다고 느낀다는 구절을 보았는데 그 원인은 십중팔구 자식 때문일 것이다. 가까운 사람이 상처 주지 먼 사람은 그럴 일이 없고 설령 그렇다 해도 충격이 적으니까. 나도 나이 들어보니 노화의 기미를 느낄 때 와락 겁이 나고 의기소침해지더라. 예전의 나는 지름신으로 뭉친 사람인데 딱히 하고 싶은 일이 없어지고, 무언가를 갈망하는 힘도 대거 위축된 것을 느낄 때 내가 나 같지 않아서 두려웠다. 시간은 또 얼마나 빠른지 실제로 2배속으로 흘러가는 것 같다. 내가 낯설어지고 인생이 속절없이 저물어갈 때 두렵지 않을 사람이 얼마나 되겠는가. 모든 것이 변하고 불명확할 때도 자식만은 확실한 존재인 거고, 심하면 자식에게 집착도 하게 되겠구나, 이해하게 되었다. 사회생활은 대거 축소되고 자식의 비중이 커지는 것이다.

신체 능력, 판단력, 경제력 할 것 없이 내가 후퇴하는 만큼 자식이 치고 올라온다. 자녀는 자녀대로 늙은 부모가 낯설고 적응이 안 되어 젊은 자기네들 기준으로 부모를 판단하고 다그친다. 부모는 어린 시절의 자녀를 기억하고 있으므로 자녀가 어떻게 나오든 어지간하면 포용할 수 있지만, 자녀는 늙은 부모가 처음이라 적응이 쉽지 않다. 나도 엄마가 상노인이 된 후에야 엄마를 귀하게 돌보기 시작했다.

자식밖에 모르면 정작 자식들이 숨 막혀 한다는 것, 지나치게 순응해봐야 자식과의 관계가 더 나아지지도 않는다는 것을 엄마를 보며 알게 되었다. 성인이 된 자녀와의 인생 여행은 이제 시작이지만 내가 엄마에게 한 짓이 있다 보니 단단히 각오를 하게 된다. 다소 거칠지만 "부모 팔아 친구 산다"는 말이 있다. 사춘기를 전후한 시기에 친구의 비중이 커지면서 부모가 빠르게 뒷전이 된다는 의미일 텐데, 노화라는 엄청난 변화의 시기에는 자녀보다 친구가 나은 측면이 분명히 있다. 겪어보지 않고서는 절대 알지 못할, 시시콜콜한 퇴화가 주는 엄청난 두려움을 함께 헤치고 나아가는 사이. '자식 팔아 친구 사는' 시기가 도래해야 하는 것이다. 나에게 가장 적합한 형태의 나이듦 네트워크, 그것이 나의 최대 관심사인 이유이다.

너는 나한테 빚 없어, 나도 그렇고

딸이 밖으로 돌기 시작했다. 운동에 물이 오르면서 동호회 활동에도 재미가 붙은 모양이다. 언제까지나 껌딱지처럼 붙어 지내길 바란 것은 아니지만 익숙한 것이 깨져 나가는 충격에 가슴이 철렁했다. 삶의 페이지가 크게 넘어가고 있는 것이다. 하지만 이내 충격에서 벗어나 수시로 하던 카톡을 줄이면서까지 딸의 사회생활을 응원한다. 보통 스무 살이면 엄마를 떠나는데 그보다 십 년도 넘게 놀아준 것을 생각하니 기꺼이 2열, 3열로 밀려날 준비가 되어 있다. 지나고 보니 우리 모녀에게 여행이 한 일이 참으로 지대하다.

딸은 걱정이 많고 나는 즉흥성이 많은 유형이었다. 과거형으로 쓸 수 있어서 행복하다. 딸의 걱정은 삶에 대한 두려움에서 나오는 것이고 나의 즉흥성은 최대한 삶을 누리고 싶다는 열망에서 나오는 것이니, 우리의 스타일은 극과 극이라고 해도 좋을 정도로 달랐다. 놀랍게도 여행은 우리의 그런 속성을 얼추 해소시켜 주었다.

10년 넘게 20여 개국을 들쑤시고 다녔으니, 이름만 들어도 아득하고 이질성의 끝판왕 같은(나는 그랬다) 발트 3국에도 갔었다. 그런데 기대한 것과 아주 달랐으니 라트비아, 에스토니아, 리투아니아는 반드시 발트 3국이라고 붙여서 불러야 할 정도로 작아서 꼭 영어마을 같았다. 우리가 놀이공원이나 영어마을에서 모방한, 박공지붕에 파스텔톤 건물이며 전통의상이 너무 익숙해서 낯설지 않은 대신 그 이상의 느낌은 받을 수가 없었다.

워낙 멀리 갔으니 허탈감까지 들었다. 라트비아의 리가, 올드타운에서는 이렇다 할 명물이 없다 보니 '삼형제집'이 제일 유명했다. 나란히 서 있는 세 채의 집이 제각기 1세기 씩 차이가 난다고 해서 관광명소가 될 정도로, 그렇게 심심한 곳이다. 다행히도 아파트가 깔끔하고 소고기 돼지고기가 토마토보다 싸서 실컷 구워 먹고, 드라마 〈밀회〉 다운 받아 보며 놀았다. 계란말이를 하는 나에게 딸이 멋지다고 말해주었다. 밥이 적어서 주식 삼아 푸짐하게 만드는 참이었는데 계란프라이를 하는 줄 알았다가 놀랐나 보다. 세상에, 계란 말이를 갖고 멋지다는 말을 듣는 것이 여행의 위력이려나.

에스토니아의 수도 탈린에서는 우리 여행에서 유일한 숙소 사기가 일어났다. 집에 앉아서 포털 화면에서 접하는 사건사고에 질겁하게 되는 시대지만, 막상 여행을 떠나면 생각보다 세상이 안전하다는 것을 확인할 정도로 그간 무탈했다. 그러다가 탈린에서 혼비백산했다. 우리는 약속시간에 예약한 에어비앤비에 도착했는데 전날 화재가 났다고 인부들이 수리 중이었다. 주인은 얼굴도 볼 수 없었다. 에어비앤비 사이트에 상황을 올렸는데 우리가 시간 약속을 어겨서 환불할 수 없는 것으로 되어 있었다. 마침 화재 현장을 사진 찍어놓은 것이 있고, 딸이 번역기 돌려가며 애쓴 보람이 있어 환불을 받았지만, 워낙 낯선 곳이라 잠시라도 당황하고 정신 나간 듯이 굴었다.

무슨 일이 생기면 신경 쓰느라 사색이 되는 딸은 더했을 것이다. 독일에서 소시지 냄새는 싫은데 속이 풀어지는 음식을 찾지 못해 노랗게 변해가던 얼굴을 생각하면 말이다. 하지만 여행 다니는 동안에 딸의 걱정 에너지가 상당 부분 소진되었을 가능성도 높다. 낯선 곳에서 쉬지 않고 교통편과 호텔을 예약하는 긴장감에다 모르는 길을 찾아다니며 현지 화폐의 환율을 계산하는 에너지도 엄청났고, 또 나를 인솔하는 1인 여행사였으니 말이다. 한결 여유 있는 모습으로 인생의 다음 단계로 넘어가는 딸을 보니 그런 생각이 든다.

물론 나의 지름신도 어지간히 해소되었다. 영화나 TV의 여행 프로그램에 가본 곳이 나오면 익숙한 즐거움이 되살아난다. 한번은 TV에 크로아티아의 '플리트비체'가 나왔는데 진행을 맡은 잘나가는 연예인 대여섯 명 중에 한 명도 가보지 않았대서 살짝 놀랐다. 물론 바빠서 그렇겠지만, 어쨌든 그런 곳을 내가 다녀온 거야? 새삼 딸이 고마워진다.

딸의 20대와 나의 50대의 중심에 여행이 있었다. 이제 딸은 타고난 걱정 에너지를 적절한 준비성으로, 나는 타고

난 지름신을 연륜에 맞는 도전의식으로 발전시킬 수 있을 것이다. 원 없이 놀아본 시절이 있기에 힘차게 다음 단계로 나아간다. 구체적인 분위기는 알 수 없지만 적어도 채무의식과 서운함으로 범벅이 되지는 않을 것 같다. 대부분의 옛날 엄마들이 무한대로 딸에게 헌신했고, 딸은 어떻게 해도 도저히 거기에 값할 수 없기에 모녀 사이에 채권·채무 의식이 있기 쉬운데, 여행을 통해 딸은 나에게 제 몫을 다했고 나는 다 받았다. 앞으로도 가끔 여행을 같이 할 수 있다면 더할 나위가 없으리라.

모녀가 같이 나이 드는 고령사회에는 효보다 우정이 필요

밭에서 삽질을 하고 계신 아버지를 향해 이런 말이 불쑥 나왔다.

"아버지! 엉덩이가 있네요!"

"응?"

"예전에 아버지는 엉덩이가 없었는데, 이젠 생겼네요!"

아버지는 무척 좋아하셨다. 딸이 오십이 다 돼 가니 칠십 넘은 아버지 엉덩이 품평도 하게 되는 것이다.

— 한귀은, 《오늘의 나이, 대체로 맑음》

한귀은의 위 책에는 "초고령화 사회에서는 부모도 자식도 동시에 '노인'으로 살게 되므로 '효'보다는 '우정'이 필요하다"는 구절이 나오는데, 나도 늘 생각하던 것을 콕 짚어 정리해주어 가슴이 시원하다. 실감이 나지 않는 나이가 되어 어떻게 살아야 할지 당혹스러울 때 오솔길 하나를 발견한 것이다.

우리 엄마에게 자식은 종교였다. 아들에게 치우친 감은 있지만 딸들하고도 평생 한 번도 분리되어 본 적이 없었다. 당신 마음이 그랬으니 자식 마음도 같으려니 하고 사셨을 것이다. 엄마는 옛날사람답게 학교도 거의 다니지 않았는데, 음식 잘하고 살림 솜씨 야무지고 경우 발라서 나무랄 데가 없는 분이었다. 대부분의 사람들이 하나씩 갖고 있기 마련인 이상한 성격 하나가 없었다. 요양원에 계신다곤 해도 멀쩡히 살아계신 분을 자꾸 과거형으로 쓰자니 가슴이 미어진다. 요양원에 가시기 직전에 엄마가 "나 엄마 노릇 다했지?" 하셔서 깜짝 놀란 적이 있다. 결코 생색 내기라고 볼 수는 없었고, 세상에 태어나 1인분의 소임을 다했다는 자족이 느껴졌는데 엄마가 그런 생각을 하시는 줄 몰랐다. 그렇게 성실하게 당신 역할을 다한 엄마가 집을 물려주었어도 자식들은 엄마를 시설에 모실 수밖에 없었다. 형제들마다 피치 못할 사정이 있지만 그건 명백한 '공모'였다.

엄마 세대만큼은 아니라도 우리 세대에는 가족에 대한 뿌리 깊은 전제가 있다. 그중에 '부모 봉양'이라는 인식이 있고, '효'라는 책임감도 있고, 잘해드리고 싶은 애정도 살아 있다. 그러나 소위 MZ세대는 그 비슷한 개념 자체가 없는 것으로 보인다. 통계를 내본 것은 아니지만 여러 정황과 소문에 그런 징후가 충분하다. 예순 살 정도 된 남성 필자의 글을 기억한다. 딸이 밥을 먹고 있을 때 자기가 들어가면 밥을 먹었냐든지, 같이 먹겠냐든지 물어봐야 하는 것 아니냐, 딸은 아무 말 없이 혼자 먹고 있다고 세대의 간극에 대한 충격을 토로하던 글. 어이없고 어리둥절하지만 이미 옳고 그름을 따질 여지도 없이 받아들일 수밖에 없는 거대한 변화를 느낀다.

한번은 내가 딸에게 말투가 나 닮았다고 하니 "내가 니 딸이다" 이런다. 내가 엄마 일로 골몰하고 있을 때 "니네 엄마 일이에요"라고 한 적도 있다. 호칭이 튄 적은 그렇게 두 번이지만 조금도 어색하지 않았고 언짢지도 않았다. 딸이 나를 얼마나 대등하게 객관적으로 보고 있는지 알아차렸을 뿐.

어쩌면 이런 분위기는 나에게서 시작되었는지도 모른다. 나는 쉰 살이라는 늦은 나이에 본격적으로 읽고 쓰기를 시작했는데, 갈수록 이 길이 나의 천직이라고 느끼고 있다. 게을러빠진 내가 글을 고치는 일은 열 번을 해도 질리지 않으니 말이다. 무슨 일에나 대충인 내가 글쓰기에서만은 최상주의의 면모를 발휘하는 것이다. 그 자리에 딱 맞는 어휘 하나를 떠올리는 일이 세상 행복하고, 살아있는 한 정진하여 진짜 글쟁이가 되고 싶다.

읽고 쓰기에 익숙해진다는 것은, 인간성을 보편적으로 파악한다는 뜻도 된다. 리어왕에게만 딸 셋이 있었던 것이 아니라 우리 엄마에게도 세 딸이 있었던 것처럼(딸들의 성향을 일대일로 매치하는 건 아니다) 그 많은 문학 속에 숱한 인간성이 나와 있는 것이고 나는 책 속의 등장인물을 이해하듯 딸을 지켜본다. 혈연으로 모든 것을 덮지 않고, 한 사람의 독립된 인간으로 심리 상태나 행동 유형을 이해하고 수용한다. 이런 시각으로는 내 딸이니까, 하며 무조건적으로 옹호하기보다 합리성이나 경우를 요구하기도 했을 것이다.

"엄마는 엄마 자신밖에 사랑하지 않는다"라며 딸이 이런 내 태도에 불만을 표한 적도 있다. 하지만 점차 엄마라는 절대적인 그늘에서 벗어나 나를 한 사람의 인간으로 객관화시키자 자기도 비슷한 태도를 취하게 된 것 같다. 우리는 서로에게 무리한 부탁을 하는 적이 없다. 도움을 받았으면 고맙다는 말도 잘한다. 말이 통하는 한 함께 지내며, 여행 파트너로 유효한 이상 함께 여행을 다니고 있을 뿐, 모녀라고 해서 돈독한 관계가 언제까지나 저절로 굴러간다는 기대 같은 것은 하지 않는다. 지금도(2023년) 태국에서 두 달 넘게 같은 침대를 쓰며 놀고 있지만 이미 상황은 "효가 뭐예요?"에 이른 것이고, 그 자리를 채울 새로운 강령은 우정이 될 수밖에 없다.

수명이 너무 길어져서 자녀가 부모를 봉양하기에 역부족이라는 생각을 MZ세대가 논리적으로 따져서 받아들였을 것 같지는 않다. 그보다는 누가 누구를 책임진다는 개념 자체가 희박해지고 있다는 직감이 든다. 갈수록 생존경쟁이 치열해지면서 종래의 가족주의 울타리가 약해진 틈에 자연스럽게 끼어든 각자도생의 현실이랄까. 가족을 규정하던 무조건적인 책임과 권위가 약해졌으니 이제는 저절로 지속되는 관계는 없고, 가족 안에서도 서로 코드가 맞고 얻는 것이 있어야 살아남게 된 것이 아닐지. 이건 백번을 따져 봐도 효보다는 우정에 가깝다. 서로 말이 통하고 같이 있을 때 즐거우면 자주 볼 것이요, 철 지난 권위의식이나 옛날 기억을 가지고 훈계를 일삼으면 교류가 줄어들다가 아예 연락이 끊기는 것도 시간문제이다.

딸에게 인생 선배가 될 수 있으려면

우리 모녀는 둘 다 밖으로 도는 스타일이 아니어서 오래 같이 논 편이다. 내가 단순하고 직설적이라 아이 같은 반면, 딸은 생각이 깊고 보는 것이 많은데도 표현을 자제해서 노숙한 편이라 우리 관계는 쉽게 역전되었다. 요즘은 디지털의 비중이 워낙 크다 보니 그런 역전을 부채질한다. 핸드폰을 비롯 각종 기기 사용이며 하루가 다르게 변하는 온라인 문화에 적응하기 위해 수시로 자녀의 신세를 져야 하니 아쉬운 소리를 할 때가 많고, 자녀는 자녀대로 부모의 실체를 알아보는 데 디지털이 계기가 될 것 같다.

내가 운전까지 안 하게 되니 딸은 모든 면에서 나를 리드하며 감독같이 굴 때가 있다. 제가 온라인 구매며 운전을 맡고 있으니 내가 자연스럽게 조리와 청소를 담당하는 것은 안중에도 없다. 그럴 때는 어지간하면 받아준다. 초보 엄마 시절에 내가 급하고 직설적인 성격 그대로 몰아붙였다고 하기에 뒤늦게 사과하는 마음으로 그렇게 한다. 그러다가 내가 생각하는 정도를 넘으면 들이받는다.

우리 엄마는 자식이 경우 없이 굴 때도 오로지 순응으로 감내해왔다. 한번은 우리집에 다니러 오신 엄마와 같이 외출하는데 날이 꽤 추웠다. 무엇 때문인지 빈정이 상한 나는 30분이나 오지 않는 버스를 기다리며 그까짓 몇천 원 하는 택시를 타지 않았다. 엄마는 "택시 타도 얼마 안 나오는데…" 혼잣말처럼 중얼거릴 뿐 추위를 고스란히 감내하셨다. 아마도 아들에게만 집을 물려주겠다는 얘기가 솔솔 나오던 시기였지 싶다. 나 돈 없다는 것을 웅변하고 있으니까.

그때 나의 무례함을 떠올릴 때마다 소름이 끼친다. 나는 왜 그렇게 엄마를 함부로 대했을까? 놀랍게도 그건 그래도 되기 때문이었다. 내가 어떻게 '지랄'을 하든 엄마는 한 번도 목소리 높여 따진 적이 없었다. 전통적으로 노인들의 생존기제는 '순응'이었다. 그러나 지나친 순응이 가져온 결과는 엄마가 생각한 것과 정반대였다. 엄마가 평생 한 번만이라도, 그토록 가기 싫다던 요양원에 가실 때만이라도 성질을 부리고 고집을 피웠더라면 조금이라도 더 자식 곁에서 사실 수 있었을 것을 생각하면 만감이 스친다.

나는 엄마처럼 성실하지도 못했고 물려줄 것도 없다. 자녀에게 부담이 되지 않고 각자 잘 사는 것을 목표로 하는 자의식밖에 가진 것이 없다. 그러니 무엇 때문에 경우에 벗어나는 상황을 감내할 것인가. 그 시간에 책 한 권 더 읽는 것이 낫다. 아무리 덜렁대는 성격이라도 딸보다 두 배를 더 살았으니 인생 이야기를 해줄 것이 있고, 정반대 성격인 만큼 딸이 놓치는 것을 알아보고 귀뜸해 줄 수도 있다.

'사랑하지 않는다'의 반대말은 증오가 아니라 '궁금한 것이 하나도 없다'라고 한다. 남녀 사이를 얘기한 것이겠지만 모든 인간관계의 기본이 아닐까. 길어진 인생의 단계마다 내가 할 수 있는 일을 하며 도약하고자 하는 자세가 딸에게 인생 선배로서 호기심을 불러일으킨다면 더 바랄 것이 없겠다.

우리 모녀의 격돌 변천사

우리가 서로에게 외계인일 정도로 다르다고 했지만 여행지에서 격돌하는 일이 많지는 않다. 딸은 결정할 것이 많아 신경이 분산되는 것 같고, 나는 귀찮은 일을 도맡아 해주는 딸에게 감사하는 마음이 커서 잘해주려고 노력하기 때문이다. 오죽하면 딸이 "여행이나 가야 잘해준다"고 투덜댄 적도 있다. 이제껏 제일 크게 부딪친 일이 앞서 얘기한 인도사람과의 말씨름이었는데 최근에 그걸 능가하는 일이 벌어졌다.

23년 1월 방콕에서 택시를 탔다. 방콕 택시는 미터기를 꺾기도 하지만 일일이 가격 흥정을 해야 할 때도 많은데, 딸이 검색해보더니 호텔까지 130밧이면 적합하다고 정한 듯했다. 그 택시는 세 번째로 말을 붙인 택시였다. 이전 기사들이 400밧과 300밧을 부르며 협상할 생각도 없었던 데 비해 200밧 정도를 불렀다. 딸은 자기 기준이 있으므로 열심히 흥정하여 130밧에 맞추려고 애쓰고 있었다. 나는 좀 지쳐서 그래야 2, 3천 원인데 조금 더 주고라도 어서 갔으면 싶었다. 그만하고 가자고 말했지만 통할 리가 없다. 딸이 최종적으로 '쇼부'를 칠 때 소탈하게 생긴 기사분이 "허, 허" 어이없다는 듯 웃으며 양보하는 장면이 내 눈에 들어왔다. 세상 어디에서나 볼 수 있는, 고단한 생활인의 표정에 감정이입이 되면서 마음이 불편해지기 시작했다.

딸이 배낭을 내동댕이쳤다

나는 그 기사에게 너무 미안했다. 딸이 빠득빠득 적정가 이하로 깎은 줄 알았다. 하루의 노동을 마무리하는 저녁시간에 우리로 인해 피로감이 더해지거나, 한국인이 깍쟁이로 인상지어지는 것이 싫었다. 무엇보다도 기사가 "허, 허" 웃는 모습에서 딸이 무리수를 둔 줄로만 알았다. 그래서 내리면서 20밧짜리 지폐를 두 장 기사에게 건넸다. 딸이 언짢아 할 것이 분명했지만 이대로 내리면 두고두고 명치에 걸려 있을 것 같았다.

아니나 다를까 딸은 머리끝까지 화가 났다. 커다란 배낭을 호텔 앞에 내동댕이치며, 적정가를 냈는데 무슨 짓을 한 거냐며 소리소리 질렀다. 나는 아무렇지도 않았다. 딸이 화낼 것을 알고 있었지만 내 불편한 마음을 해소하는 데 더 의미를 두었고, 마음먹은 대로 행했으므로 편안했다. 나 대신 호텔 유리문 너머 직원이 놀라서 눈을 동그랗게 뜨고 쳐다보았다.

그러고도 한 방에서 자고 다음 날 아침 같이 동네로 나가 밥을 먹었다. 나중에 수상시장에 가느라 택시를 탔을 때 꽤 오래 갔는데, "지금이 14킬로인데 130밧이야, 그때는 2.5킬로인데 130밧을 준 거고." 점잖게 언급하는 것을 보고 딸이 많이 성숙했다고 느꼈다. 스물네 살 때 여행지에서 나를 인솔하고 다니기가 힘들다고 짜증을 부리기에, 이제껏 키워줬는데 그것도 못하냐고 두어 마디 했더니 눈물을 뚝뚝 흘리던 때가 떠올라 세월이 많이 흘렀음을 실감한다.

딸과 나의 기준이 아예 다르다는 것도 번개같이 깨달았으니, 딸에게는 정확한 금액이 중요한 건데 나는 그걸 연민으로 푼 거였다. 아! 이런 것을 보고 기질이라고 하는 거였던가. 무슨 일을 하는 데 제일 중요한 기준 자체가 다르니 서로에게 외계인 맞네. 대단한 것이라도 발견한 양 뿌듯했고 앞으로도 우리의 갈등을 이해하는 데 도움이 될 듯했다.

하지만 작은 일이라도 도저히 그냥 넘길 수 없는 일은 바로잡고 가는 것은 중요하다. 안 그러면 한쪽의 권력에 다른 쪽의 자유가 잡아먹혔다는 뜻일 테니까. 건강한 관계는 마냥 조용한 것이 아니라 크고 작은 실랑이가 벌어지고 해소되기를 반복하는 것인지도 모른다. 갈등의 원인이란 게 40밧(1600원)만큼이나 소소하다는 것도 기억해 둘 일이다.

갈등의 양상은 정해져 있다

이미 느꼈겠지만 우리 모녀의 역할은 전통적인 모녀와 정반대이다. 나는 충동구매로 산 옷을 숨겨 놓은 적도 있다.

딸이 잔소리를 해댈 게 뻔하니까. 나는 잔소리를 하는 유형이 아니다. 한 가지가 좋으면 다른 아홉 가지는 아무래도 상관이 없는 덩어리 사고를 하기 때문이다. 딸은 치밀하게 모든 것을 훑어보는 엑스레이 사고를 한다고 할까, 보는 것이 많으니 거슬리는 것도 많을 수밖에 없다. 그런데 목공부터 IT까지, 아니 모든 기술과 업종에서 이런 성향이 실수가 없고 일을 잘할 것이 분명하다. 나도 딸의 이런 자질 덕분에 그 많은 여행을 편하게 다닌 것이기에 웬만하면 딸의 잔소리를 들어준다. 그러다가 피곤하면 한마디한다. 나라고 해서 잔소리할 게 없어서 안 하는 줄 아느냐, 그만하라고 하면 딸이 받아친다.

"어떻게 둘 다 잔소리를 해? 한 사람은 들어야지."

딸은 집에서는 내가 정리정돈을 못 한다고 잔소리, 여행지에서는 가성비를 고려하지 않는다고 잔소리다. 태국의 시리얼 값은 국내와 비슷한데 물가가 싼 곳이니 체감으로는 더 비싸게 느껴진다. 우연히 시리얼이 당겨서 두어 번 샀더니 "한국에서도 안 먹던 걸 왜 비싼 데 와서 먹느냐"는 말이 날아온다.

아들이 결혼하기 전에 셋이 수원에서 광화문까지 놀러 갔을 때의 일이다. 예술영화 보고 잘 놀고는 저녁을 먹어야 하는데 따님께서 영 식당 결정을 못한다. 몇 군데 따라다니다가 인내심이 한계에 달해 혼자 집으로 와 버린 일이 있다. 딸도 그대로 기숙사로 가버렸다. 다음 날 그게 그렇게까지 화낼 일이었나 싶어 사과하려고 기숙사 근처까지 가서 메시지를 보냈더니 보고 싶지 않다고 해서 그냥 돌아온 적이 있다. 얼마간 시간이 흐르면 그런 일이 있었던가 싶게 둘 다 심상해진다.

또 한번은 셋이서 외출할 때 내가 준비를 늦게 한다고 잔소리를 하는 바람에 기분이 상해 집에서 나와 100미터쯤 가다가 따로 가버린 적도 있다. 수원 화성의 높은 언덕에 올라 뒤돌아보니 아들과 딸, 내가 각기 다른 방향으로 갈라져서 걷고 있었다. 성인이 된 자녀가 아득히 멀어지는 것 같아서 그때 참으로 먹먹했는데 그 뒤로는 오히려 부딪히는 일이 줄어들고 있다. 딸이 서른넷이고 내가 예순여섯, 이쯤 되니 갈등의 양상이 정해져 있다는 점이 보인다. 매번 같은 데서 부딪친다. 그렇다 보니 국면이 시작될 조짐이 보이면 슬쩍 피해 가는 기술이 늘었나 보다.

평생 현역에 도전하기로

나는 자녀보다 내가 더 중요하다. 내 정서와 감정이 튼튼

해야 성인이 된 자녀와의 관계도 건강하다는 생각이 확고하다. 나는 13년간 운영하던 초등 대상 학원을 그만둔 뒤 쉰살에 글쟁이의 길에 들어섰다(결혼생활에서 빠져나온 것도 그때이다). 어릴 적 심취한 동화책의 영향인지 창의적이지 않으면 의미가 없다고 생각하던 나에게 이 길은 필연이었다. 시작이 늦었는데 첫 책을 출간하기까지 4년이 걸렸다. 그 뒤로 글쓰기 수업을 시작한 지 10년이 넘었다. 귀촌한 뒤로 코로나까지 겹쳐 개점휴업이나 다를 바 없지만 나이가 들수록 내가 가진 약간의 전문성이 소중하고, 나를 찾아주는 이들이 고마워 성심껏 임하고 싶어진다. 앞으로 10년 더 글쓰기를 지도하고 싶다는 꿈이 생겼다. 말로만 듣던 '평생 현역'에 도전하는 것이다.

내가 새로운 영역에 들어서 훈련을 거듭하던 시절은 자녀가 대학에 다니고, 사회인이 된 시기와 부합한다. 인생 2막을 헤쳐 나가느라 바빴으므로 애들 진로에 크게 신경 쓴 것이 없다. 내가 이뤄 놓은 것이 없고, 자기네들보다 경제감각이며 현실성이 떨어지는 인간이라 애들도 일찌감치 자기 살 길은 자기가 알아서 찾기로 결심했을 것이다. 아들은 1년 휴학하고 한옥학교에 다니는 등 진로를 고민하는 눈치더니, 전공인 토목과에서 방향을 틀어 컴퓨터 보안 공부를 했다. 지금 좋은 회사에 다니고 있고 결혼해서 세 살짜리 딸도 있다.

외모며 기본적인 성격은 나와 아들이 닮은 것 같은데, 안온한 대신 반복적인 일상보다 모험을 좋아하는 성향은 딸이 닮았다. 어느새 직장인 10년 차인 아들이 회사생활에 무리가 없는 데 비해, 딸은 처음부터 직장에 매일 생각이 없었다. 다양한 알바를 하던 딸은 캐디를 하며 아주 만족해한다. 골프장 캐디는 생각보다 고소득 직종이다. 한 회 라운딩을 하면 13~15만 원을 받는데 하루에 2회 라운딩도 할 수 있다. 혼자 하는 일이라 층층시하 조직에 매이지 않아도 되고 매일 일당을 현금으로 주니 돈 모으는 재미가 쏠쏠하다. 자기가 원하는 만큼 일할 수 있고 전국 어디로도 이직이 수월하다.

조직생활이 정 생리에 맞지 않는다면 굳이 번듯한 회사에만 들어가려고 할 이유가 없지 않을까. 몇 년 바짝 벌어서 오피스텔이라도 하나 사 놓고 월세 받아 생활하며 다음 단계를 도모할 수도 있다. 딸도 그렇게 번 돈을 나와 합쳐 시골집을 샀다. 갈수록 치열해지는 지옥문 같은 취업문만 고집하지 말고 발상의 전환을 해보자는 생각에, 내가 알고 있는 캐디를 예로 들어보았다. 20대에 알바를 하며 시간이 자유롭지 않았다면 딸은 카이트서핑이라는 일생일대의 과업과 조우하지 못했을 것이다.

성인이 된 자녀가 내 마음 같지 않아서 노심초사하고 있다면 그것이 얼마나 순수하게 자녀를 위한 마음인지 객관화해보자. 어쩌면 그것은 나의 꿈이나 희망 사항을 자녀에게 투사한 것일 수도 있고 심지어 체면에서 나온 조바심일 수도 있다고 생각한다. 갈수록 각박해지는 세상을 살아갈 자녀에 대한 순수한 걱정이라면, 내가 걱정하고 염려하는 방식이 옳은지 점검해보자. 여기서 옳다는 표현은 효율적이라는 의미이다.

자녀가 바람직한 사회인으로 자리 잡기를 원한다면 엄마가 어떻게 행동하는 것이 가장 효율적일까? 교육은 뒷모습을 보고 배우는 것이라고 하니, 노심초사하며 일일이 참견하는 것보다 엄마 자신이 최선의 인간이 되고자 애쓰는 모습이 자녀에게도 귀감이 되지 않을까? 꼭 필요한 때 촌철살인의 애정과 코칭을 과시하면서! 나 자신은 자녀에게 바라는 만큼 절도 있게, 아무 문제 없이 살아왔던가 자문하면서 자녀를 믿고 지켜봐주는 것이 좋겠다. 그러면 시간이 좀 걸리더라도 자기에게 꼭 맞는 자리를 찾아낼 것이다. 자기를 이롭게 하는 것이 생명의 본질이기 때문이다. 그럼에도 자녀에 대한 염려에 괴롭다면 엄마의 인생에서 자녀의 비중이 너무 높은 것이 아닌지 자문해볼 필요가 있다.

딸과 나는 기본적으로 내향인인지라 사회생활이 많지 않아서 둘이 잘 지내고 있지만 그럼에도 불구하고 딸에게 전적으로 의지하지는 말아야 한다고 생각해왔다. 나이 들어가는 엄마가 딸에게 부담이 될 수도 있고, 온리 원의 관계는 갑갑하기도 하고 발전성도 없기 때문이다. 딸에게 너무 많은 것을 기대하지 않으려는 마인드컨트롤을 하다 보니 조각 피자 이미지가 떠올랐다. 크고 둥근 피자 한 판이 아니라 조각 피자 한 쪽. 출출할 때는 피자 한 쪽으로 충분하다. 한 판까지는 필요도 없다. 딸에게 조금 서운한 일이 있을 때에도 내가 은연중에 피자 한 판의 완성도를(완전히 성숙한 인간) 기대한 것은 아닌지 돌아보면 딸이 옆에 있다는 사실 만으로 고마워진다. 크게 기대하지 않으므로 실망도 없고, 서로 간에 끈적한 책임이나 부담보다 소슬한 바람이 불 여지가 생긴다. 집착하지 않아야 건강하게 오래갈 수 있는 것은 부모 자식 관계에서도 마찬가지이다.

나는 책을 통해서도 많이 배운다. 조너선 프랜즌의 소설 《인생수정》을 읽으며 가족주의의 환상에서 쑥 빠져나올 수 있었다. 모두 정상이고 나름 열심히 살아온 가족이 풍비박산 나는 모습에 아연실색하면서도 가족 안에 그리고 인생에 비슷한 스토리가 내재되어 있음을 인정하지 않을 수가 없었다. 이 책을 읽는 것만으로도 가족에 대한 기대와 경도에서 어느 정도 벗어날 수 있으리라.

"지나친 가족생활은 얼마나 피곤하고 얼마나 힘겨운가."
— 조너선 프랜즌, 《인생수정》에서

누가 더 재미있게 사나 내기하기

한번은 이효리가 예능 프로그램에 나와서 자기는 감정기복이 심한데 남편인 이상순은 평온하기가 수평선 같아서 자기가 올라갈 때 만나고 내려올 때 또 만난다고 말한다. 그러면서 손으로 올라갔다가 곤두박질치는 시늉을 하는데 그 표현의 절묘함에 감탄하고, 성숙한 파트너를 만난 이효리가 보기 좋아서 진심으로 축하하는 마음이 되었다. 아득한 수평선까지 질주하는 익스트림스포츠를 하고, 마치 한 번 살아본 것처럼 노숙해 보이지만 정작 내면에는 여린 구석이 많은 딸도 이상순 같은 사람을 만났으면 좋겠다는 생각도 품었다.

그런데 정말 그리되었다. 딸에게 침착하고 온유한 성격을 가진 남친이 생겼다. 딸이 20대 초에 데이트 몇 번 하고는 10년 만의 일이라 커다란 사건이 아닐 수 없다. 둘은 카이트서핑 동호회에서 만났다. 사랑이라는 것이 호르몬의 작용이라 유효기간이 썩 길지는 않다고 생각하는 나로서는, 커플 사이에 호르몬의 작용 플러스 취미생활이 같은 것이 최고라고 생각해왔는데 딸이 그런 사람을 만나서 마냥 좋다. 한번은 서해 춘장대에서 둘이 카이트 타는 것을 보고 있는데 한참 동안 바다를 누비던 두 사람이 바다 한복판에 멈춰서 쉬는 것이 아닌가. 각자 자기 보드에 걸터앉거나 매달려서 담소하는 둘을 보노라니 내가 상상도 할 수 없는 것을 해내는 것이 보기 좋아서 흐뭇하다.

유튜브, 네가 안 하면 내가 해야지

나는 취미를 즐기는 사람이 이 시대의 귀족이라고 생각한다. 모르긴 해도 우리나라가 자본의 위력이 가장 큰 나라 중 하나 같은데, '청소년 시절에는 좋은 직업을 갖기 위한 준비밖에 없고, 직장인이 되어서는 돈을 많이 벌기 위한 분투밖에 없는' 대한민국 주류의 삶을 살기 위해 모든 사람이 애써야 하는 건 아닐 것이다. 욕심이 없는 나는 남에게 폐

끼치지 않을 정도로 경제 자립을 했으면 취미를 즐기며 인생을 즐기는 사람이 잘사는 거라고 생각한다.

그래서 딸에게 유튜브를 하라고 권했다. 배낭여행과 체류여행 다음에는 스포츠여행도 각광을 받을 것 같았다. 유명 여행지를 찍고 다니는 여행은 다들 해보았고, 취미를 즐기는 사람에게서는 각박한 생존경쟁을 뛰어넘는 여유가 느껴져서 흠모하는 사람이 많은데, 필리핀이나 베트남, 태국의 바람 좋은 곳에 가서 즐기는 카이트서핑은 취미생활에 있어서 최상위권이라고 봐도 좋지 않은가! 따라 하고 싶은 사람들이 많을 것 같았다. 딸은 생각보다 서핑 시장이 좁아서 이미 유튜브를 하는 사람들도 구독자가 많지 않다며 내 권유를 일축했다. 네가 안 하면 내가 해야지!

나는 유튜브를 해본 적이 없지만 낯설지는 않다. 전에 블로그를 하도 재미있게 해보았기 때문에 영상으로 하는 블로그려니 한다. 유튜브의 파급력이며 시장성이 큰 것도 알고 있다. 잘하든 못하든 우선 시작하는 것이 중요할 텐데 추동하는 힘이 약했다. 내가 자기최면이 강해서 안 하던 일을 하려면 강력한 동기가 있어 꽂혀야 하는데 2퍼센트가 부족했던 것. 그러다가 쌩뚱맞게 챗GPT에서 발동이 걸렸다.

챗GPT를 써본 것도 아니요, 기술에도 문외한이지만 관런 기사를 몇 편 본 것만으로도 문자로 된 텍스트에 획기적인 혁명이 도래한 것을 알았다. 가공스러운 속도로 자료를 검색, 취합하여 글을 써 내니 소문이 무성하던 AI의 실용화가 시작된 셈이다. 많은 사람이 인간의 영역을 침범하는 AI에 우려를 표하며 앞으로 인간은 어떤 활동을 하며 살아야할지 당혹스러워한다. 나도 말석이나마 글쓰기 동네에 자리하고 있는 만큼 충격을 받았다. 내가 독자로서나 저자로서애정해 마지않는 책이라는 우주에 AI가 어떤 변화를 가져올지 걱정스러운 한편 진짜 인간적인 것, 직접 경험한 것의 가치가 올라가겠구나 하는 생각이 따라왔다. 챗GPT가 얼마나 대단하든 어떤 가치관을 가지고 무슨 목적으로 모종의질문을 제시하느냐 하는 것은 어디까지나 인간의 문제이기때문이다. 세 돌 된 손녀도 핸드폰같이 생긴 것을 손에서 놓지 않고 "찾아볼게" 하면서 검색놀이를 하던데 디지털이 아니라 언어교육을 강화하고 아날로그 감성을 키우는 데 주력하자고 말하고 싶다.

그러면서 불똥이 유튜브로 튀었다. 기계가 쓴 글(을 참조한 글 포함)이 범람할 테지만 진짜배기 경험은 쉽게 따라잡지못할 것 같아서 차일피일하던 유튜브에 심지가 확 당겨진것이다. 마침 은퇴족의 동남아 체류여행이라는 관심사도 생긴 터였다. 얼마나 해낼는지 모르지만 나처럼 단순한 인간은 하고 싶다는 불이 지펴진 것만으로도 충분히 행복하다.

서로 다른 모녀가 힘을 합치면

아직은 여행 중이니 돌아가는 대로 유튜브를 하겠다고 했더니 딸이 웃으며, "그건 내가 유튜브를 한다는 뜻이네"라고 한다. 유튜브 주제를 여행으로 잡는 한 맞는 말이다. 이제껏 그랬듯이 검색과 이동을 딸이 맡아줘야 할 테니까. 우리 둘의 성향과 자원이 판이하게 다르니 서로 보완한다면 시너지 효과가 좋을 것이다.

나는 단순한 열정파라서 굵직한 핵심에 꽂히면 나머지 자잘한 변수는 안중에도 없으며 질릴 때까지 밀어붙이는 뚝심이 있다. 반면에 원하는 만큼 속도가 안 나오면 쉽게 지치고 세부적인 절차나 디테일을 처리하는 데 치명적으로 약하다. 딸은 꼼꼼하게 많은 것을 보고 챙기는 만큼 생각이 많다 보니 무슨 일을 결정할 때 시간이 걸린다. 심사숙고해 놓고도 안 하던 일을 하는 데 두려움이 있어 보인다. 얼마나 치밀한지 돌발변수가 일어날 가능성이 거의 없는데도 그런다. 돈 계산이나 세세한 절차를 다루는 데 능하다.

우리 둘이 새로운 일을 도모할 경우 완벽한 합을 이룰 수도 있고, 날마다 지지고 볶고 싸우다가 서둘러 접을 수도 있다. 그 스펙트럼의 중간쯤에 자리할 수 있다면 힘을 합쳐 유튜브에 도전하고 싶다.

전에 노희경이 쓴 드라마 〈디어 마이 프렌즈〉를 보는데 정확하지는 않아도 "인생은 결코 아름답지 않아. 젊은 층과 노년층의 전쟁터야"라는 의미의 대사가 있었다. 윤여정 님의 대사였는데 특유의 까칠한 목소리로 내게 각인이 되어 있다. 옛날에는 노인들이 평생 익혀온 솜씨와 지혜로 존경을 받았다면, 요즘에는 사회의 발전 속도가 너무 빨라져서 노인들이 어린 학생보다 뒤처져 퇴물 신세가 되었다. 그러나 노인이라는 마이너리티가 다른 소수자(장애를 가진 이들이나 성소수자)와 다른 점은 모든 인간에게 공통된다는 점이다. 늙는다는 관문을 거치지 않을 사람은 지구상에 단 한 명도 없다. 청장년층이 노인세대를 이해하고 연구하는 노력을 게을리하지 말아야 할 이유가 거기에 있다.

사회적인 상황은 그렇고 우리집에서는 딸과 나 사이에 누가 더 재미있게 사나 이런 내기를 해도 좋겠다. 그 기준은 '누가 더 여행을 즐기나, 누가 더 여행을 잘할 수 있도록 기여했나'가 될 것이다.

에필로그
멧돼지처럼 용맹하게!

아! 왜 이렇게 좋으냐! 아무리 코로나로 3년 만에 온 여행이라 해도 그렇게 좋을 수가 없다. 여행길이 다시 열리자마자 우리는 태국으로 날아왔다. 딸이 운동을 하는 것이 주 목표라서 전처럼 활발하게 돌아다니지는 않지만 이게 어디인가.

중년을 넘어서면 대부분의 일이 익숙해져 새로울 것이 없다. 거기에 시나브로 에너지가 달려 하고 싶은 것도 없고 할 수 있는 것도 없어지는 상태가 되기 쉽다. 이게 다인가, 이렇게 늙고 마는 건가 위축되어서는 우울증도 남의 일이 아니로구나 싶었는데, 3년 만에 떠나 온 여행에서 가슴이 뛴다. 이렇게 생생한 감정이 오랜만이라 내 감정에 내가 놀란다. 그래, 내가 여행을 좋아했었지. 아직도 이렇게 좋네. 여행 다니며 살고 싶다. 여행을 다니기 위해서라면 무엇이든 더 열심히 하고, 세월아 네월아 늘어지던 책 쓰기에도 박차를 가할 수 있을 것 같았다.

여행지의 낯선 풍광은 호기심을 불러일으켜 사는 맛을 준다. 내가 80일이나 머물고 있는 태국 중부의 '후아힌'은 강원도 양양 같은 서핑도시라서 볼거리가 많은 편은 아니다. 그래도 먹거리 하나하나, 생활문화 하나하나가 새로워서 촉각을 세우다보니 생동감이 차오른다. 딸도 그런 모양이다. 대화할 거리가 많아지니 모녀 사이도 좋아진다.

전에 태국에 와보았지만 방콕과 치앙마이에 잠깐 머물러 가성비 좋은 호텔밖에 기억이 없는데 이번에 길게 머물다보니 태국의 치안이 안정적인 것이 인상 깊다. 서핑클럽까지 걸어다니기 싫다고 딸이 자전거를 샀는데 새것이라 신경이 좀 쓰였는데 건재하다. 단골 쇼핑몰이 꽤 크고 고급스러운데 직원 두세 명이 넓은 공간을 담당하는 경우가 많다. 직원이 없는 옷가게에서 각자 고른 옷을 피팅룸에 들어가서 입어 보게 되어 있고, 귀금속 코너에도 직원이 없는 것을 보고 문화적 충격을 받았다. 집집마다 심지어 호텔에도 불단을 만들 정도로 독실한 불교국가라서 도덕성이 발달한 걸까.

한번 신뢰하게 되니 저녁 바닷가에서도 우리나라보다 마음
이 편하다.

매일 놀고 매일 써댄다

이번처럼 싼 물가를 즐긴 적이 없다. 내가 은퇴족의 마인
드를 갖게 된 거다. 나는 앞으로 동남아 장기 체류를 적극적
으로 검토할 생각이다. 노후 준비 때문에 전전긍긍하는 사
람들에게도 다른 방식의 라이프스타일을 강변하고 싶다. 직
장에 다닐 때야 시간이 없었지만 은퇴 후에는 물가 싸고 따
뜻한 나라로 떠나지 않을 이유가 없다. 새로운 것에 몰두하
게 되면 호기심이 살아나고 감수성이 충전되니 젊어지는 기
분이 다 든다.

후아힌이 해변도시이다 보니 편하게 입고 다니는 사람들
이 많다. 우리도 점점 편해져서 딸은 어깨가 끈으로 된 원피
스를 입고는 생애 가장 덜 입은 것이라고 농담을 했고, 나도
생전 입지 않던 민소매 원피스만 입었다. 그렇게 가벼울 수
가 없다. 타투를 한 사람들이 워낙 많다 보니 타투가 자유롭
게 살기로 맹세한 사람들의 표지같이 보인다. 전 세계에서
모여든 사람들이 태국의 전통무늬와 디자인 중에서 자기에
게 딱 어울리는 옷을 골라 입고 다니는 모습은 묘한 감동을

주었다. 스타일이든 국적이든 점점 경계가 사라지고, 근거 없는 두려움도 사라지고, '지금, 여기'를 향유하는 자유인이 되어가는 기분.

딸은 매일 운동하러 가고, 나는 오전에 원고를 다듬고 오후에는 바다로 산책을 간다. 후아힌은 처음에는 평범해 보였는데 지내볼수록 평범한 게 아니라 중후한 것임을 알아보겠다. 서울의 1.3배 넓이인데 인구가 불과 10만여 명이라니 한적한 것은 말할 것도 없고, 방콕이나 파타야같이 번잡하고 수상쩍은 데가 없다.

거기에 후아힌 비치의 품격이 갈수록 좋아진다. 5킬로미터 해변이 쭉 뻗어서 시원하다. 고층 호텔과 하얀 집들 앞으로 펼쳐져 있는 야자수가 인생휴가의 상징 같다. 거의 흰빛이 나는 모래가 어찌나 고운지 미숫가루 같다. 고운 모래가 물에 다져지니 장판처럼 매끄러워 해변이 더 예쁘다. 이곳은 푸켓 같은 유명 관광지처럼 잉크를 풀어놓은 듯한 코발트색이 아니라 우리네 서해처럼 보통 바다인데도 날이 좋으면 물색이 초록으로 빛난다. 그 위로 수십 개의 알록달록한 카이트가 떠다닌다. 나는 겨우 몸을 적시고 파도가 무서워 쫓기듯 나온 바다에서 서퍼들은 수상스키를 타듯 질주하다가 공중으로 점프를 하고, 심지어 텀블링까지 하고 다시 바다 위로 내려앉는다. 온몸으로 바다를 즐기고 사랑하는 사람들 덕분에 풍경이 환영처럼 아름답다. 돌아보면 사라지고 없을 것 같아, 해변에서 나오다가 몇 번이고 돌아본다.

　매일 놀고 매일 써댄다. 그게 부자가 아니면 무엇이랴. 비행기표를 포함해서 인당 한 달에 120만 원이 들었는데 세 끼를 사 먹다 보니 매일 쓴다. 물가가 싸니 풍족하게 쓰는 느낌이다. 선물값은 포함하지 않았다. 태국 물가가 고르지 않아서 어떤 품목은 우리나라와 비슷하지만 음식값하고 과일은 확실하게 싸다. 생활여행을 지향하는 우리는 현지인 식당을 가기 때문에 더 싸다. 태국인이 주로 먹는 볶음밥이나 쌀국수, 똠얌 같은 것이 5~60밧, 파파야샐러드가 40밧, 닭다리구이가 60밧 정도 하니 잘 차려 놓고 먹어도 둘이 만 원이면 충분하다. 같은 음식이라도 관광객 대상은 두세 배로 뛴다. 현지인 시장에서 한 개 15밧인 코코넛이 식당에서는 최소 60밧으로 뛰는 식이다.

　마을버스인 썽테우가 15밧(600원), 쫄깃하기가 젤리에 버금가는 몽키바나나가 한 다발에 20밧이다. 어떨 때는 소꿉놀이를 하는 것 같다. 쇼핑몰에는 비싼 옷도 많지만 코끼리를 비롯해서 태국의 전통무늬 가득한 1~2만 원짜리도 훌륭해서 옷도 많이 샀다. 마음에 들면 편한 원피스, 과감한 원피스, 여성스러운 원피스를 모조리 사기도 했으니 일상이 소풍이다. 워낙 가성비 좋은 물건이 많으니 이 사람 저 사람 주고 싶어 선물도 잔뜩 산다.

숙소비가 중요한 항목인데 후아힌에서라면 월 20만 원에서 100만 원 정도로 가격대가 형성되어 있다. 우리는 월 40만 원짜리 호텔에 묵는데, 10평 정도 되는 원룸이다. 20만 원짜리 숙소에도 가보았는데 5평 정도 되고 멀끔했다. 우리 호텔은 연식이 좀 있는 건물이지만 1층에 식당과 수영장과 피트니스센터까지 있어서 편리하다. 신축이면 원룸이 5~60만 원으로 올라가고, 방 하나 거실 하나면 80~100만 원으로 뛴다. (이것은 12~2월 성수기 가격이고 3월부터 더 내려간다.) 해변에 힐튼, 하이야트, 메리어트, 인터컨티넨탈 등 고급 호텔을 위시하여 럭셔리한 숙소도 많아 호캉스도 국내보다 훨씬 싼 가격에 누릴 수 있을 것이다. (음식값도 숙소비도 2023년 2월 후아힌 기준)

나는 사랑보다 존경이 좋다

우리 호텔방에서 바다가 보인다. 처음에는 5층이었는데 8층에 방이 비어서 옮기니 바다가 엄청 크게 보인다. 전에 손바닥만큼 보였다면 이제는 누워 있는 걸리버만큼은 된다.

아침노을에 벌겋게 금빛으로 물들었다가 이내 색깔이 빠지고 은빛으로 반짝이는 아침 바다를 보는 것이 큰 행복이다. 물결의 움직임이 다 보이고 카이트가 뜬 것도 보인다. 식탁에 앉아 바람에 난무하는 원색의 카이트를 보노라면, 너무 애쓰지 마라, 모든 것이 지나간다고 말하는 것 같다. 그렇게 몽롱해질 정도로 좋다. 딸의 카이트가 뜨면 더욱 더 지금 누리는 호사가 믿기지 않는다. 노란색 카이트가 많지만 폭이 다르고 한쪽에 크게 둥근 무늬가 있어 딸의 것을 보면 느낌이 온다. 12시 30분. 방금 네 연이 지나갔어. 문자를 보낸다. 하얗게 일어난 파도가 흘러가다 없어지는 것이 꼭 살아 있는 동물로 보인다. 파도가 파도를 타며 노는 것 같다. 둘 다 떠나기 아쉬워서 어쩔 줄을 모르니 조만간 다시 올 것 같다. 진정한 생활여행자로 거듭나고 싶다.

눈 내린 한라산에 아들과 셋이 갔을 때 멧돼지를 본 적이 있다. 놈은 얼결에 도로까지 내려왔다가 차량에 놀라 산으로 도망쳤는데, 집돼지보다 두 배는 큰 덩치를 실룩이고 헐떡거리며 올라가는 뒤태가 위협적이었다. 검은색에 가까운 짙은 색깔도 무서움을 더했다. 어휴, 저런 놈을 등산 중에 만나면 어떻게 하냐고 내가 놀라움을 표했더니 딸이 무슨 생각을 했는지, 웃음을 참으며 어쩔 줄을 모르다가 말한다.
그럼 엄마도 멧돼지인 척해!

그거 좋다. 무소의 뿔처럼 혼자서 가는 건 기본이고 거기
에 멧돼지처럼 용맹하게 인생 선배로 살아가는 모습을 보여
주마. 딸도 은근히 걸크러시를 좋아하니 우리 산에서 만날
까? 자기다운 삶, 여한 없는 삶이라는 이름의 정상에서? 나
는 사랑보다 존경이 좋으니 그걸 목표로 해서 살아볼게.

2023년 태국 후아힌에서
한명석

엄마와 딸 여행이 필요할 때
– 달라도 너무 다른 딸과 함께 20개 나라를 누비며 얻은 것들

초판 1쇄 발행 2023년 4월 27일

지은이   한명석
펴낸이   문채원

펴낸곳   도서출판 사우
출판   등록 2014-000017호
전화   02-2642-6420
팩스   0504-156-6085
전자우편   sawoopub@gmail.com

ISBN 979-11-87332-86-2 03810